ملكة سبأ

قالوا عن الكتاب

هي واحدة من أكثر الشخصيات التاريخية إثارة للاهتمام، تدَّعي حضارات عدة انتماءها لها. إن هذه القصة عن علاقة ملكة سبأ بالملك سليمان قد أثارت فضولي وأعطتني لمحة سحرية عن هذه السيدة الثرية والقوية والأسطورية.

وندي ك. والترز
مؤلفة "تسويق فكرك ونواياك"

إن شخصية ملكة سبأ الغامضة تعود إلى الحياة في هذا الكتاب. إن بحثها عن السلام، والمعنى والحب سوف يلمس وترًا في قلب كل قارئ.

رودني كنجستون
متكلم ومؤلف عالمي

لقد صاغت ماتي هون بإستاذية قصة تاريخية تبرز الكنوز المخبأة في قصة ملكة سبأ. إنها تدمج بشكل مبدع الحقيقة بالأسطورة في عمل خلاق غير مسبوق في فن الكتابة.

لانس وأنابيل والنو
لانس والنو
مؤسس ورئيس مجموعة لانس التعليمية،
ونائب رئيس مجموعة لانس التعليمية.

هوذا النصف لم اُخبر به

ملكــة ســبأ

ماتي م. هون

أهدي هذا الكتاب إلى زوجي
وأولادي. شكرًا لأجل الضحك
الوافر الذي تضيفونه إلى
حياتي. ليت الأجيال القادمة من
عائلتنا تبتهج هي أيضًا بهذه
القصة.

شكر وتقدير

إنني مدينة للأبد لمن ساعدوني لكي يصير هذا الكتاب حقيقة. شكرًا جزيلاً لمن صلوا، وشجعوا، وراجعوا، وصاغوا وساعدوني في آلاف التفاصيل التي كان يجب استكمالها من أجل كتابة هذا الكتاب. شكرٌ خاص لأبي السماوي لائتمانِي على هذا العمل ولتوفيره لكل ما احتاج إليه من أجل إتمامه.

مقدمة

لقد وجد الكثيرون أنفسهم مشدودين للقصة الغامضة لملكة سبأ. لقد كان الغموض هو القوة الدافعة وراء عدة أعمال فنية، وموسيقية، وكتابات مستلهمة وأمثال ودراسات أثرية، وأساطير محلية. إن قصتها مسجلة في الكتابات الدينية للمسيحيين واليهود والمسلمين. ولقد كرمتها كلمات يسوع بتصوير صادم وغير اعتيادي.

إن شعوب الشرق والغرب يفتخرون بأن تكون ملكة سبأ جزءًا من ميراثهم. من بين الذين كتبوا عن تأثيرها على بلادهم نجد إثيوبيين وعربًا وأفارقة ومصريين.

إن الروايات التاريخية لا تعطينا اسمها، بل فقط أنها ملكة البلد المدعو سبأ. إن معنى سبأ هو ”مضيف السماء والسلام“. غير أن الكُتاب العرب يدعونها مع ذلك الملكة بلقيس ويدعوها الإثيوبيون ماكيدا. أشار يسوع إليها ”كملكة الجنوب“. ودعاها المؤرخ القديم يوسيفوس نيكوليس ملكة إثيوبيا ومصر.

تقول الأساطير الإثيوبية أنها وُلدت عام ١٠٢٠ق. م. ويعتقد بعض المؤرخين الإثيوبيين اليوم أن ثمة دليل على أن حدود سبأ قد تجاوزت جنوب الجزيرة العربية وإثيوبيا وربما مصر. خلال الحقبة التاريخية التي عاشت فيها، كان الحكام يُعرَّفون بالمناطق التي يحكمونها. بالتماشي مع هذا التقليد، ستتم الإشارة إليها في هذا الكتاب بملكة سبأ.

بالنسبة لي، فأنا شخصيًا قد انجذبت إلى قصة هذه المرأة المدهشة وامتلأت إلهامًا عميقًا ببحثها عن الحكمة. ليت صفحات هذا الكتاب تنقلكم إلى ينابيع اكتشافات ثرية تؤثر في حياتكم إلى الأبد.

(١)

يملأ الفزع قلبي وأنا أعدو بهلع عبر متاهة لانهائية من الأشباح. عند كل منحنى، أسمع كلمات ساخرة من أصوات شريرة، مألوفة بشكل مخيف، وتحمل رسائل موجعة مشحونة لوما ونقدًا كأنما أُرسلت لتحطيمي.حين أتوق إلى تشديدٍ يعزيني، إذا بسهام مُرَّة تخترقني بدلاً من ذلك، وتهدد بتدمير قواي.

إن ظلال الذين قد مضوا منذ زمان بعيد لا قدرة لها أن تخلصني من الأذى،فالكلمات المسمومة تلتف حولي ككرمة شريرة، وتقذف بجسدي المحطم إلى أغوار المحيط الواقع تحتي. يضغطني الضيق إلى أسفل كأنه مرساة مُلصَقًا إياي بأعماق المياه المظلمة، ساعيًا إلى موتي.

من بعيد، يراقبني طيف أمي بلا حول ولا قوة، بينما قدرتي على تقدير الأمور تضعف داخل نفسي المستسلمة. "يا أبي، أين أنت؟ أحتاج لحمايتك. إنني شبح غير مرئي، ضائعةً وبعيدًة عن حنانك. أرجوك أغثني! أرجوك إنقذني! ضمني بين ذراعيك ودفئني بنظرتك المحبة. كن أنت الأمان في أعماقي. إنني بحاجة إليك. إن

كياني يصرخ إليك كأنك لازلت حاضرًا لتسمعني. ”

أصارع لكي أفلت من هذه الحرب المستعرة وأكافح للصعود نحو سطح الماء حيث أستطيع أن أتنفس ثانية، آملة في الإفلات من هذه الأعداء الغريبة. تخلق فيَّ ظلمة المحيط إحساسًا بالفراغ التام بسبب الأسى والعتمة ومحاولة الإفلات. ”دعوني أتنفس! أرجوكم دعوني أتنفس! هكذا صرختُ وأنا ألهث محاولة أن أتنفس.

”يا ملكة، استيقظي“، هكذا سَمعَتْ وهي تحس بيد لطيفة تربت على كتفها ”لقد كنت تصرخين ثانية يا سيدتي فى نومك، سُمع صراخك عبر الدهليز. تفضلي، أرشفي شاي سبأ الشافي. لقد أضفت إليه اللبان الذكر والعسل ليهدئك ويعدك لليوم الجديد.“

عندما سمعت الملكة صوت أبيجايل واعتدلت في فراشها، أدركت أن جسدها كان مبتلا بعرق التعب من جراء الليلة المضطربة. ويا للتناقض بين العذاب الوحشي لأحلامها، واللمسة الحلوة لوصيفتها المحبوبة. كم تكون لمستها حنونة مريحة بعد الاستيقاظ في حالة من الضيق مثل هذه.

ساعدتها كلمات أبيجايل الرقيقة على الخروج من الظلمة العاصفة إلى ما سيكون يومًا آخر تقضية في البحث. كانت في الحقيقة تبحث عن الحكمة التي تمكنها من قيادة شعبها وبلدها بأفضل شكل ممكن، ومن أن تُشبع أعمق أشواق روحها. كم كانت تتوق لأن تعثر على شخص يساعدها لتجد الأجوبة التي كانت تبحث عنها.

كان من الصعب على مواطني مآرب، عاصمة سبأ، أن يصدقوا أن ملكتهم من الممكن أن تعاني من مشاعر عنيفة كهذه وعدم

إستقرار. كان هذا يفوق خيالهم إذ ينظرون إليها كمن تحكم بكرامة شديدة وبتميز غير مسبوق في أمور الحياة التي يتقاسمونها.

كانت المرأة الوحيدة الملكة في زمانها. وكان هذا الوضع الموروث قد جعل روحها الحائرة تزداد حيرة، لتضيف إلى التفصيلات غير العادية لرحلتها كملكة. لم يكن أحد أكثر منها كيف أن ضعفات طبيعتها، والأماكن الهشة المجروحة من قلبها، كانت هي نفسها الحافز خلف رغبتها في أن تكون كريمة وطيبة تجاه رعايا مملكتها المخلصون.

كانت الملكة شاكرة لامتلاكها قدرة فطرية على النظر عميقًا في قلوب ومشاعر من تحكمهم. لم تكن تستطيع شيئًا حيال ذلك. كانت تدرك وتتفاعل مع ما يشعرون به. ربما كان ما عانت من آلام، دافعًا لها أن تخفف الآلام غير الضرورية لشعبها. وهذا الحافز وحده تحول إلى مئات الأسئلة التي تُلح في الحصول على إجابات. كانت تريد تأمين مستقبل جيد ومصير بَرَّاق لشعب سبأ.

هكذا بدأت يومًا آخر نمطيًا لها كملكة سبأ. لم يكن يبدو لائقًا لرأس دولة قوية أن تستسلم لتخمينات مثل هذه. وبينما هي تقوم من فراشها لتمارس مهامها الملكية، امتلأت رأسها بتأملات عديدة.

تساءلت الملكة عن سبب سعيها لإيجاد إجابات عن شعبها الذي يحيا في رخاء أكثر من معظم الشعوب حوله. أحيانًا كانت تنفصل عن حقيقة كونها ملكة. ورغم أنها كانت تؤدي دورها بشكل لائق، إلا أن رحلتها الداخلية كثيرًا ما بدت أكثر واقعية من تلك الخارجية. ربما امتزجت الرحلتان يومًا لتفضيا إلى مخرج فريد من نوعه

لشعبها. كانت تتألم بحثًا عن الهدف وعن مصير أمتها، وهي تئن بشيء أعلى وأعظم، شيئًا غير متوقع، برغم أنها لم تقدر أن تتصور ماذا يمكن أن يكون هذا الشيء.

$$(\text{٢})$$

"رائع! إن هذا الفستان يلائمني بالشكل الذي تمنيته"، هكذا قالت الملكة. "أبيجايل، هل تقدرين على تصفيف شعري بنفس الشكل الذي عملتيه في المأدبة الأخيرة؟ لقد كان رائعًا!"

"بالطبع يا سيدتي. سأجعلك في أفضل ما تكونين لأجل لقائك مع سادة التجار هذا الصباح".

إنتعشت الملكة مجددًا لصوت وصيفتها المخلصة. كانت أبيجايل معها منذ سنوات، تخدمها بكل إخلاص وتجرد. في الحقيقة كانتا صديقتين مقربتين، تفهمان بعضهما البعض بدون كلام. كانت والدة أبيجايل وصيفة أم الملكة، وقد منحتها حياتها في القصر تمييزًا وفهمًا للملكية غير متاح لغيرها.

بينما كانت أبيجايل تصفف آخر خصلة شعرٍ، لم تستطع إلا أن تلاحظ إنعكاس صورة الملكة في مياه القصر. وكان مظهر الملكة يثير اهتمامها. وعلى الرغم من كونها في منتصف العشرينيات إلا أن عيناها السوداويتين كانتا تعكسان طبقات من العمق الشديد. كانت مفكرة، معتادة على التقييم وعلى إبداء الملاحظات، التي تتأملها في قلبها. كان في نظراتها عطف وسلطة. كان أنفها المميز بالمقاييس

الكاملة يضيف إلى مظهرها الفخم كملكة. ضفرت أبيجايل شعرها الأسود، وهي كفنانة قد نحتت بعناية تلك الضفائر على جوانب التاج المرصع بالجواهر.

أحبت أبيجايل رؤية سيدتها في ملبسها البسيط وليس بعد في رداءها المزين الفاخر. كانت تراها بهذا الملبس كأجمل ما تكون. كان جلدها ناعمًا كالزجاج وأملسًا كالحرير، يحيط بوجهها قوس قزح كجناحي يعسوب مضيئًا بألوان الزيتون الخافتة. شفتاها ملونتان طبيعيًا بدرجات من اللون الزهري. رموشها الغامقة تُبرز عيناها شبه اللوزيتين، معطية إياها مظهرًا ونظرة مميزة من الرقي الناعم لا تفسده غطرسة أو كَبرًا. لم تكن الملكة ماكرة، بل ذات شخصية تعكس النقاء، ملكة عزباء يحبها شعبها بشدة. لم تجعلها مشقة قيادتها لشعبها تشيخ على الإطلاق. لم تفهم أبيجايل إن كان المزيج من الجمال الملكي أوالجمال الطبيعي قد جاء أولاً، أم أن الطريقة الرائعة التي كانت الملكة تحكم بها قد ساهمت في شكلها البديع. لكنها تعلم شيئًا واحدًا فقط: أنه إن كان لها أن تبدي رأيا فى كيف تبدو الملكة، فإنها ستبدو دوما كصاحبة الجلالة.

كانت الملكة محاطة بجمال القصر كل حياتها. وكانت أبيجايل تأخذ ذلك بعين الاعتبار في ملاحظتها. كانت الأمور المتضادة في حياتها تصدمها. فها هو الدهليز يمتلئ بصرخةَ مكانٍ خاوٍ حزين داخل أعماق الملكة. لكنها سرعان ما كانت تقوم كالعادة وتنسى سريعًا أهوال نومها وتعد نفسها لأمور يومها الجديد. إحمر وجه أبيجايل عندما لاحظت أن تصرفها المنبئ عن تفكير عميق قد لوحظ. أحيانًا كانت تحس بأن أفكارها ومشاعرها مقروءة بوضوح

من ملكتها. ابتسمتا لبعضهما البعض في صمت، لأن مسئوليات اليوم كانت تنتظر.

اقتربت الملكة من حجرة المقابلات في القصر ولم تستطع أن تغفل الجو الذي يسودها. كان هناك شيئًا مختلفًا في الغرفة ذلك الصباح. لمست دهشة في الجو وقادتها يتقاسمون موضوعًا لذيذًا للمناقشة. علت الأصوات بالغرفة عن المعتاد متحمسة لإبداء رأيها حول موضوع جديد. كانت هذه أصوات قادة بحريتها والقادة الذين رأوا كيف أن تجارة وتصدير السلع الأساسية قد ساهمت في الثراء غير العادي لبلادهم.

كانت توابل وذهب سبأ أكثر وفرة من أي بلد آخر، كان الطلب على المُرِّ والعود شديدًاإلى حد أن السفن التجارية والقوافل لم تكن قادرة على الوفاء بطلبات الطرق التجارية. كانوا مستمرين في جمع المزيد من السفن والعمال لملاحقة التجارة المتنامية لهذه الإمبراطورية الممتدة على ضفتي البحر الأحمر. كانت الوفرة الطبيعية لكنوزها تشحن الملكة بإصرار شديد بأن توفر السلع باهتمام وبأن تعمل على أن يستفيد كل مواطن من انتماءه لمملكة ثرية مثل مملكتها.

لقد تمتعت سبأ دومًا بالغنى. كانت الملكة راغبة في أن يظهر كل من رعاياها الغنى الذي كانوا يتباهون به. كانت تتساءل في داخلها "ألا يجب أن أناس أمة كهذه يكونون أسعد الناس؟!" ومع ذلك، فكثيرًا ما تحدثت مع أفراد خائبي الرجاء حزانى كانت عيونهم تبوح بالقصة الحقيقية. ورغم أن الملكة كثيرًا ما صارعت مع هذه الانقسامات، فقد كانت تحتفظ بسلامها بسبب وعيها بأنها دونًا عن جميع الناس، ينبغي أن يكون عندها الرضا الذي تجلبه الوفرة.

ومع ذلك فإن سرها يكمن في أنه ولا حتى كل الثروات الباذخة كانت قادرة على إشباع أشواقها التي تخفيها في طيات نفسها. لم تستطع أن تتوقف عن التفكير في أنه من الأفضل أن تجتاز حروبها الداخلية محاطة بثروات سبأ، عن أن تجتاز فيها بدون هذه الكماليات المترفة.

كالعادة، عندما أُعلن عن وصولها، دخلت الملكة إلى القاعة، وساد الصمت أرجاء المكان. تمت الرسميات بسرعة وبدأ آشور رئيس بحريتها بالكلام. بدأ بالمقدمات المعتادة ثم أعطى تقاريره. لكنه فيما كان يتكلم تمنت الملكة أن يذكر ما كانوا يتكلمون عنه عندما اقتربت من القاعة. ظنت أن حديثه الرتيب لن ينتهي أبدًا.

بدأ صبرها ينفد، فقاطعته قائلة: "آشور، هل هناك جديد تعرضه؟ أرجوك أن تخبرني بأخبار البحار المثيرة".

شعر آشور بالارتباك قليلاً بسبب إصرارها. فرغم قيادته للبحرية لسنوات عديدة، لكنه كثيرًا ما شعر بالدهشة من حدس الملكة. كان حدسًا أصيلاً، لكنه لم يفهمه قط. "ليست هناك مغامرات خاصة أقدم تقريرًا عنها يا سيدتي".

كان يعلم مقدار حبها لسماع قصص آتية من أماكن لم تزرها قط. نظرت إليه الملكة بتركيز ولم تقل أي كلمة، جاعلة إياه يشعر بعدم الارتياح. وعلى الرغم من أن النساء قد حكمن سبأ لأمدٍ طويل، إلا أنه شعر بالقلق لنظراتها المركزة عليه تكاد أن تخترقه. كان يعرف أنها حاكمة عادلة ودقيقة، إلا أنه شعر بالتهديد بالنظر إلى ما للملكة من تاريخ يثبت كيف تعرف من وماذا تضعه تحت الاختبار.

"سيدتي ليست هناك وقائع أخرى أفصح عنها".

سألته بحدة أكبر في نبرة صوتها: "فماذا عن الإشاعات؟"

وجد نفسه محاصرًا من جديد. "كيف يمكنها أن تسأل السؤال الصحيح في كل مرة؟" وكانت تعلم أكثر من أي أحد أنه لن يكذب عليها أبدًا.

"هذا هو الأمر بعينه، يا سيدتي، ليست هناك وقائع لكن هناك إشاعات".

وسأل "ولماذا نضيع وقتنا بها؟"

"أرغب في سماع تلك الإشاعات التي أثارت فيكم هذا القدر من المتعة عندما وصلت". هكذا تكلمت وعلى وجهها نظرة تدل على الاهتمام. ساد الصمت. أما آشور وقد أدرك أنه لا مفر، فقد بدأ يحكي لها عن الإشاعات الآتية من البحر.

❧

(٣)

"ما أنا على وشك أن أرويه لك، سيدتي، سمعته بنفسي ليلة أمس. عندما عادت سفينة تجارة المُر خاصتنا بعد شهور في البحر، كان القبطان هاجار قلقًا بأن يقدم لنا تقريره. عندما كان يتاجر في الحرير، قابل تاجرًا آخر سأله إن كان سمع عن الأرض التي يحكمها الملك سليمان".

"قال أن كل بلد زار ميناءه بدا في هرج ومرج، والناس فيه تحكي عن آخر أنباء تلك المملكة. إنهم يتحدثون عن الملك سليمان، يتحدثون عن شعب إسرائيل، يتكلمون عن إله، يتكلمون عن عصر إسرائيل الذهبي. أمة متحدة في أهدافها ويصفونها بالغنى والسلام".

"كفى حديثًا في عمومياتٍ، وأخبرني تفاصيل ما يتحدثون عنه". هكذا قاطعته الملكة.

"أرجوك يا ملكتي العزيزة، تذكري أن هذه قصص سمعتها عن آخرين، مجرد إشاعات غير مدعومة في أفضل الأحوال".

تحدثت الملكة بلهجة أقرب إلى التوبيخ قائلة: "بديهي أنني سآخذ ذلك في الاعتبار. أرجوك أكمل".

"بحسب هاجار، فإن التاجر قال له أن شعوبًا من كل مكان حول الأرض يتكلمون عن هذه الأمة. حتى الملوك يزورونها بسبب تلك الأخبار".

رفعت الملكة حاجبيها وقد اعتراها السخط. لابد أن هذه بالفعل مجرد شائعات، هكذا راحت تفكر، خصوصًا أنني لم أسمع قط أخبارًا كهذه.

شعر آشور بأفكار الملكة الحائرة. لكن بما أنه لم يعلم ماذا عليه أن يفعل، فقد أكمل قائلاً: "يقولون أنه لا ملك مثل ذاك الملك، وأنه يفوق جميع ملوك الأرض غنى".

قالت الملكة: "ماذا؟!" تساءلت كيف يمكن لأحد أن يقول هذا ومن أعطاه السلطان لتقييم شيء كهذا؟

أكمل آشور، "إن سليمان يعبد إله اليهود. إن شهرة سليمان وإلهه تنتشر في الأرض كلها".

احتارت الملكة. ماذا، إن هذا غير اعتيادي. إنها لم تسمع قط عن ملك حاز شهرة بسبب إلهه. لقد كانت هي شخصيًا تؤمن بإلهين هما الماقة وتألب ريام، بالإضافة إلى آلهة أخرى من ميراثها، لكن هذه الفكرة هي جديدة تمامًا بالنسبة لها. لم تكن قادرة فعلاً على الفهم.

بدأ فضول غريب يعتريها. أخذتها تساؤلاتها نحو مكان مجهول في داخلها غير أن الأفكار تزاحمت عليها حتى لزمها أن تخرجها. فكرت أن هذه فضيحة. كيف لي أن تثيرني بهذا الشكل مجرد شائعات غامضة؟

٢٠

"هل أنتَ بخير، سُمُوك؟" سألها آشور "أقصد أننا قد تجاوزنا وقتنا المعتاد".

أشارت بالموافقة وهي مأخوذة، وقالت أنه ربما يكملون حديثهم لاحقًا. شعرت بالضعف والتعب. وللأمانة، فهي لم تدري سبب إحساسها بمشاعر غير اعتيادية عديدة في ذات الوقت. ربما ساعدها بعض الطعام على استعادة توازنها.

تعجب الرجال من كيفية انتهاء فضولها المُلِّح هكذا فجأة. كانوا ينظرون بعين التوقير لملكتهم لكنهم استنتجوا أيضًا أنه من الأفضل ألا يحاولوا معرفة السبب. وبدون ضجة، غادرت القاعة وسرعان ما قابلتها أبيجايل في الدهليز.

قالت لها: "أعدي لي غذاء خفيفًا، إنني بحاجة لأن أختلي بنفسي".

سألتها أبيجايل: "أترغبين في تناول وجبتك في الفناء؟" لعلمها بأن هذا هو المكان المفضل للملكة.

أجابتها الملكة: "نعم، سيكون هذا ممتازًا".

أحبت الملكة ابتسامة أبيجايل الحلوة، إن وصيفتها قليلة الحجم نادرًا ما أبدت اقتراحًا لم ينبع من إدراكها العميق لكل ما تفضله الملكة وتحبه. كانت تخدم بوقار كثير وقد نمَّت في نفسها سحرًا باديًا في ثقتها الهادئة. كانت أبيجايل تمحور حياتها حول الملكة مستمتعة بخدمتها لها. وعلى الرغم من علمها بالحب الكبير المتبادل بينهما فنادرًا ما ناقشت مع الملكة أمورًا من أمور المملكة. كان قلب الملكة كقبو ضخم، يختزن الكثير. لاحظت أبيجايل إنشغال بال

الملكة بشكل غير اعتيادي وهي تدلف إلى الفناء مغلقة الباب خلفها. لكنها استنتجت أن كون المرء ملكًا هو أمر في غاية الجدية.

بانتهاء الملكة من طعامها، أدركت أبيجايل كيف كان اقتراحها بأن تتناول الملكة طعامها بالفناء قرارًا حكيمًا. كانت ليلة جميلة والنجوم متألقة. بدت الملكة منتعشة من نسيم الليل ووجبتها المنفردة. كثيرًا ما تناولت عشاءها وهي تستضيف أصحاب مقام رفيع أو تصنع مآدب لرؤساء دول. بالفعل كان الغد به حدث كهذا. كان مفيدًا لسيدتها أن تستمتع بأمسية هادئة. ربما استطاعت أن تنام جيدًا هذه الليلة.

عندما دخلت الملكة إلى مخدعها ذلك المساء، لم تستطع أن تمنع أفكارها من العودة إلى تلك الروايات عن مملكة سليمان. لقد ساهمت القصص غير العادية لذلك المساء فقط في تجديد رغبتها في معرفة المزيد، دفعها الفضول في التفكير مليًا مرة بعد مرة فيما سمعته وفي أفضل طريقة للحصول على المزيد من المعلومات، استبد بها التعب وهي مستلقية على فراشها، وقبل أن تغمض عينيها، إتجهت أفكارها إلى مأدبة مساء اليوم التالي. ربما كان عند الملك حيرام معلومات عن هذه الأمور، وبهذه الفكرة الأخيرة، استغرقت في النوم.

❧

(٤)

استيقظت أبيجايل أبكر من المعتاد. كانت أحلام الملكة بما تحمله من سوادٍ، واستيقاظها وهي تصرخ، تقرع جرس الإنذار لديها. كانت أحيانًا تتأمل قصصًا تداولها خدم القصر عن طفولة الملكة. تقول إحدى الأساطير أنه كان سيتم التضحية بالملكة للإله الثعبان، لولا أن أنقذها غريبٌ، طيب القلب. هل تكون قصة كهذه مؤشرًا لحدوث نوعًا من الصدمة قد أثرت بعمق في الملكة حتى أنها أغلقت قلبها عن الجميع؟

لقد تم تداول قصص كثيرة حول الملكة. وتذكرت قصة غريبة عن أمها، إسميني الملكة، التي أُفتُرض أنها مسكونة بالأرواح، ما أعطاها لقب الأم الجنية. وبسبب ذلك، سَرت شائعات عن أن ابنتها قد وُلدت بحوافر حيوان. "كيف يمكن أن يقول الناس أشياء بشعة كهذه؟" هكذا تساءلت أبيجايل. إن قصة امتلاك الملكة لحوافر هي حقًا أمر لا يمكن غفرانه.

ومع ذلك، فإن أم أبيجايل نفسها قد أخبرتها أن الملكة إسميني كثيرًا ما استيقظت ليلاً مملوءة رعبًا، وقد سكنتها مخاوف آلهتها، خصوصًا الإله إلماقة ذو رأس الثور، والتي كانت صُوَرُه تملأ حوائط معبد

٢٣

مآرب. كان الفضل في نجاح سد مآرب والآبار الجوفية يعود إلى بركات إلماقة، والتي كانت توفر الري للزراعة المزدهرة والحدائق الغناء. كانت الملكة إسميني تخشى أنها إن أغضبت إلماقة، فإنه سوف يسحب بركاته من سبأ. وقد قيل إنها عاشت في تلك الحالة من القلق حتى يوم وفاتها.

مثل أيام كثيرة، سمعت أبيجايل فجأة صوت صرخة عالية من سيدتها. كانت صرخة قوية مُلِّحة، انقبض قلبها، كانت تحب سيدتها بشدة وتتمنى لو أن صراعاتها الليلية تلك إنتهت. كانت هذه الصرخات تدفعها للدخول سريعاً إلى حجرة الملكة تعمل ما في وسعها لإزالة الثَقل المظلم من الحجرة. هذا الصبح، فتحت النافذة قليلاً، وأزاحت الستارة برفق لتدخل أشعة الشمس، ملأت رائحة الأزهار خارج الشباك الحجرة، وسرعان ما ملأت الغرفة رائحة عصيدة طازجة مقدمة مع شاي خاص.

في البداية قامت الملكة من فراشها ببطء. لكن ما أن تذكرت أحداث مساء ذلك اليوم المتوقعة حتى شعرت بالرغبة في بدء يومها. ورغم أنه كان لديها الكثير من الأمور لتشرف عليها لأجل مأدبة ذلك المساء، فإنه بشكل ما، بدت هذه المسئوليات أخف كثيرًا بفضل توقعها أن تتناقش مع حيرام ملك صور أخبار الملك سليمان. فهو كان الأقدر على الحكم على صحة الأخبار التي سمعتها. كان رجلاً دائم الأسفار يعلم ما يجري في العالم.

كان اليوم مشحونًا بالعمل، غير أن حماس الملكة كان يزداد. لاحظت أبيجايل حيوية الملكة وأراحها أن رأت وجهها مشرقًا. سرعان ما بدأت أحداث اليوم. وبعد عدة مقابلات تمكنت الملكة

من إكمال آخر الأمور على قائمتها. جُهزت قائمة الطعام، والترفيه وتنسيق المكان وكافة ترتيبات الليلة. كان وراء زيارة الملك حيرام ملك صور إتفاق عمل. تم إنهاء المفاوضات الأخيرة ومناقشتها مع أفضل موظفيها، ولم يتبقى لها شيءآخر تشرف عليه سوى أن تُعدَّ نفسها للأمسية.

أغدقت أبيجايل في تعطير بشرة سيدتها بخليط جديد من أطياب العطر الثمين متمنية أن تنعشها الروائح الطيبة. مرة أخرى تأملت جمال الملكة، كانت عيناها العميقتين وشعرها الأسود، تُبرزان وجهها بشكل يفصح عن اهتمامها البادي بمن كانوا تحت قيادتها. لم تكن منغمسة في ذاتها لذا ظل جمال وجهها كما هو. كانت سبأ سعيدة الحظ بمُلكها عليها. وكانت تكسب قلوب الغالبية.

أخيرًا، وقفت الملكة بردائها الملكي المُوشي. وهي بالنسبة لسبأ كانت مدعاة البهجة والافتخار. في هذا المساء، كانت تبدو في فستانها الحريري طويلة رشيقة مثل ساعة رملية. كان طرف الفستان يجتمع ليصنع ذيلاً غنيًا مستديرًا يتبعها في مشيها. يحيط بخصرها أجمل وشاح مضفور وأطرافه تتدلى على الفستان في شكل عدة طبقات تكاد أطولها تلامس الأرض.

كان القماش الرقيق المثبت في صدر الفستان معلقًا على كتفها العاري وينزل بجلال على ظهرها. كانت تعلق سلسلة ذهبية كبيرة وأسورة منحوتة بدقة تحيط بأعلى ذراعها ومزدانة بمجوهرات مثل تلك التي بالتاج. كانت غاية في الجمال الملكي، ترتدي ردائها بفخامة وأناقة. لقد ورثت بالفعل جمال أمها إسميني.

قالت أبيجايل لها: "سيدتي، لقد حان الوقت، والضيوف ينتظرونك". فمضت الملكة حتى تبدأ الاحتفالات.

دخلت الملكة وأخذ جمالها بأنفاس الناظرين جميعًا. وبدأت بتحية ضيوفها الذين شرفوا قصرها في هذه الليلة. كان قادة سبأ يتفاعلون مع الزوار من صور. تحدثوا في أمور كثيرة وكانت الليلة تمضي بشكل سلس. حان وقت تناول العشاء ولم تستطع الملكة أن تمنع نفسها من استراق السمع لمجموعة صغيرة تتناقش حول الهيكل الذي بناه سليمان.

أدارت كلمة "سليمان" رأس الملكة. هل سَمعَت ذلك الاسم يُقال فعلاً؟ أدارت رأسها بجلال باتجاههم محاولة أن تحتفظ بوقارها آملة في الاستماع إلى الحوار. كان الزائر ذو الرداء الأزرق يصف الجمال المبهر والعظمة التي للهيكل قائلاً:

"لم أرى قط معمارًا هكذا عظيمًا"، تمكنت من استراق السمع بحرص لما كانوا يقولونه. كانت مذهولة، تتخيل الكروبيم المنحوتة وأشجار النخيل والأزهار والبيت كله من الداخل المغشى بالذهب حتى الأرضيات!

وجدت نفسها وقد مالت بجسمها أكثر، ناحية الرجال، راغبة في سماع تفاصيل النجارة الماهرة المصنوعة من خشب أشجار الزيتون. فجأة شعرت بدوار فأدركت غرابة وضعها الجسدي. كانت تود لو تسألهم مئات الأسئلة. "ماذا أنا فاعلة؟" هكذا تساءلت وهي تسلم على الضيوف الوافدين حديثًا بشكل تلقائي روتيني.

قال لها كبير الخدم: "كل شيء مُعد لجلوس الضيوف يا ملكتيفهل

أدعوا الجميع للعشاء؟“

أومأت إليه وهمست بشكل خفي، هلا حرصت على جعل الرجل ذو الرداء الأزرق المرافق للملك، أن يجلس بجواري؟“

”بالطبع يا سيدتي“. أجابها بدون المزيد من الأسئلة.

لعبت الآلات الموسيقية فيما كان العشاء يقدم. وجلست الملكة بين ملك صور والرجل ذو الرداء الأزرق، كان اسمه كالب. جلست تستمع بأدب لما كان يرويه الرجال عن بلادهم، عن مستقبلها وأحلامها. كانوا سعداء بأن تشترك ملكة سبأ في حوارهم. كانوا مقدرين وشاكرين للإتفاق الذي عقدوه معها، لتصدير التوابل من سبأ لبلادهم، مُقرين بكم كانت الملكة مضيفة كريمة، استمعت لهم وكانت من وقت لآخر تُبدي ملاحظة حول قوانين الاستيراد والتصدير لسبأ. كانت مسرورة باستيراد خشب الأرز والسرو من بلادهم. إن الكثير من مواطني سبأ سيسعدون بما يمكن أن يصنعونه من منتجات من خشب تلك الأشجار.

في أعماقها، كانت تريد حقًا أن تناقش أمرًا واحدًا: مملكة الملك سليمان. وقد أعطتها التقارير التي سمعتها خلسة قبل ذلك من كالب، مزيدًا من الاقتناع باحتمال صحة الأخبار الآتية من خلف البحار. إن صحت تلك الأنباء فإنها تتعجب كيف لم تسمع بها من قبل إلا الآن. قررت أن تعرض على الضيفين فكرة طارئة.

”يا ملك حيرام، هلا منحتني أنت وكالب شرف تناول الشاي معي بعد العشاء؟ دعنا نلتقي في الفناء لنسترخي معًا، ثلاثتنا فقط. ربما استطعنا أن نتحدث عن سليمان ومملكته“.

للتو، أجابا بالموافقة وقد بدت الحماسة على وجهيهما. كان الملك يبدو شديد الحيوية رغم الشعر الأبيض على رأسه. كان صعبًا عليها أن تخمن عمره بالتحديد وهو جالس مرتاحًا في رداءه ذو الألوان الزاهية.

"إن ذلك من دواعي سرورنا، سموك". أجاب الملك حيرام. فأومأت ونهضت لتنهي الاحتفالات. وعلى الرغم من شعورها بالتعب فقد أنعشتها فكرة تناول الشاي والحوار الذي سيعقبه.

في طريقها نحو الفناء لاحظت كيف تألقت النجوم وكم كان الهواء منعشًا. أخذت نفسًا عميقًا واستمتعت بلحظة من السكينة. كم كانت تتوق لإشباع هذا الفراغ غير الاعتيادي من الفضول الذي انفتح بداخلها. ثم دلف الملك حيرام وكالب من الباب، انحنيا وجلسا.

فقالت لهما: "خذا راحتكما، سيديَّ، فلدينا ليلة حافلة".

فاجأ الرجلان الملكة بحماسهما على إكمال الحديث عن سليمان. تكلم الملك أولاً: "سوف أروي لك سيدتي ما أعلمه عن سليمان. أما كالب فيستطيع أن يحكي لك عن شعب مملكته، لأنه دائم التجارة معهم بشكل منتظم".

أكمل الملك قائلاً: "في البداية سمعت تقارير من رجال بحريتي. فأرسلت عبيدي ليستوثقوا من الأخبار، ولدهشتي فقد أرسل الملك سليمان في طلبي. وقدرته احترامًا لوالده. لقد كنت دائمًا أحب أباه، الملك داود".

"كان لداود خصائل غير اعتيادية. كان يتكلم عن أشياء لم أفهمها قط بشكل كامل. في بداية عهده كملك كانت تسيطر على داود فكرة

أن يرى إلهه الذي يشغل كل تفكيره. وتمادى البعض إلى حد وصفه بمن "يعاين إلهه"، ولم أعرف قط معنى ذلك، غير أنني كنت شديد الإعجاب بانشغال شعبه بعبادة إلههم".

سألت الملكة: "من هو هذا الإله؟"

أجاب الملك حيرام: "يدعوه البعض يهوه، ويُقال أن إلههم قد صنع معهم معجزات قوية عبر التاريخ. كانت لديه طرق خاصة لإعلان ذاته في وسطهم. كان هناك تابوت، يحملونه معهم، معروفًا بقدرته على مباركتهم بإعلان حضور إلههم. لقد فُقد هذا التابوت ولم يعد موجودًا بين شعب إسرائيل. ثم استعاده داود، ولا تتخيلي مقدار السعادة والاحتفالات بين الشعب لاستعادتهم التابوت علامة حضور إلههم وسطهم".

أكمل قائلاً: "أقام داود خيمة، لإيواء التابوت، وهناك كنت تجدين الشعب عابدًا وراقصًا مخبرًا بصلاح إلههم. ولقد تظنين أن داود اكتفى بذلك. فحتى يوم وفاته، كان منشغلاً بفكرة بناء معبد يظهر فيه إلهه حضوره الملموس للإسرائيليين ولباقي شعوب الأرض".

لم يكن لدى الملكة ما يجعلها تشك في كلام حيرام الملك. فهو في النهاية كان يعرف داود شخصيًا. ومع ذلك فقد كان ما سمعته غريبًا على أذنيها. لقد كانت لآلهة بلادها أسماء، لكن هل كان لهم حضورًا؟! ما معنى ذلك بالتحديد؟ كانت تدرك بالطبع معنى أن تكون في حضرة أحد ما. فأنت تستطيع أن تراه، وتحس بما هو عليه، وتعرف عنه المزيد من خلال شكله وتصرفاته. لكن كيف ينطبق ذلك على إله؟ كانت تحيرها فكرة أن إلهًا يأتي إلى شعبه بهذا الشكل

الشخصي.

إنها كملكة تستطيع أن تفهم معنى أن يسعى الناس الراغبين في سماعها والتكلم معها إليها. فهم يشعرون بامتياز أن يكونوا في حضرة ملكية. ثم أشرق عليها الأمر، ودَوّت عبارة "في الحضرة الملكية" بعمق داخلها، ورغم جهلها التام بإله اليهود، فقد كانت قادرة على استيعاب رغبة الشعب في اختبار حضور ما كانوا يعبدونه.

"يا ملكتي العزيزة، كم أتشتت بسهولة. على أية حال، في يوم وفاة الملك داود، أعطى كل ثروته الشخصية ليتأكد من بناء مكان رائع يأتي إليه الشعب ليلتقوا بإله اليهود. وعلى الرغم من صغر سن سليمان وانعدام خبرته في ذلك الوقت، فقد ورث طموح أبيه. كان يريد بيتًا تظهر فيه معرفة إلهه. وهو ليس عملاً سهلاً، كما تعرفين. وسبب استدعاء سليمان لي كان أن توفر بلادي خشب أرز وسرو من لبنان له. وعرض أن يدفع لعبيدي أية أجور أطلبها".

سألت الملكة: "كيف له أن يقدم عرضًا سخيًا كهذا؟" أجابها الملك: "سوف تحصلين على اجابتك، سُمَّوك، إن فهمتي شعب مملكته. إني لم أرى قط شعبًا كريمًا كهذا الشعب. إنهم يعطون بسخاء كل ما لديهم، لإحساسهم أنهم يعطون مما سبق أن أعطاه إلههم لهم. أعني أنهم لا يعطون فقط، بل يفعلون ذلك بسرور، كأنهم بعطائهم هذا يتعبدون له.

نعم، لقد كان هذا مجرد اتفاق عمل، لكن سليمان لم يكن بمقدوره أن يعقد صفقات بدون أن يحكي عن إلهه بفرح وبروح قوية. أنا نفسي، امتلأت فرحًا وباركت إله الذي أعطى لشعبه ملكًا فريدًا في

نوعه ليحكمهم.

دعيني أكون واضحًا، فسليمان رجل أعمال فطن. وسأعطيك مثالاً: لقد عقد اتفاقًا مع فرعون ملك مصر. لقد أحضر سليمان ابنته إلى أورشليم وتزوجها، وبنى لها بيتًا. وهو الآن يستورد قطعان خيول من بلدها الأم. ويُقال أن ابنة فرعون تحب الاستمتاع بالأشياء الفخمة في أورشليم لكن ترفض فكرة وجودها هناك بفضل حلف سياسي.

عندما عقدت اتفاقًا مع سليمان، أعطيته كل الأخشاب التي يحتاجها وهو في المقابل أعطاني كل الطعام الذي كنت أرغب فيه لأهل بيتي. كان بعد مضي ٤٨٠ سنة من خروج الإسرائيليين من أرض مصر، أن بدأ الملك سليمان في بناء ما أسماه بيت الرب. آه لو رأيت ما بناه! لقد أمضى سبع سنوات في جلب أفضل الخامات وأمهر الصناع المتاحين. أما ما يدهش أكثر من ذلك، فهو وجه الملك حين يتحدث عن الحقائق الكامنة في قلبه والتي تتدفق كنبع مُعلَنَة الصلاح الملموس لإلهه.

يقول كل الشعب أنهم يشعرون بهيبة ملكهم لما يسمعونه عن أحكامه والحكمة التي تسكنه والتي تمكنه من إقامة العدل. إن هناك حماسة في داخله تشعل الكلمات كما بنار من الحياة والطاقة، يُحس بها جميع شعبه. لا أستطيع أن أفسر ذلك. أنا أستطيع فقط أن أشهد له. إن كل الأمور التي جرت كانت عجائبية. أتوافقني على ذلك يا كالب؟"

بدا كالب مستغرقًا تمامًا في كلام الملك حيرام، فأومأ برأسه

وأكمل الكلام من حيث توقف الملك. "عندما أكون هناك وأشاهد كل الخير الذي قد عُمل في ذاك المكان، فلابد لي أن اعترف، تتملكني الرعدة وتأخذ بأوصالي. حتى وأنا أتكلم عن هذه الأمور الآن، فإنني أمتلئ دهشة. ربما كان إلههم هو الإله الحقيقي". صمت، وبداعلى محياه تعبير صافٍ من الانفتاح والبحث عن الحقيقة.

ثم أكمل كالب قائلاً: "إن كان لي أن أختار إلهًا آخر لأعبده، لاخترت إلهًا مثل هذا. أنك تسمع قصصًا عن مدى صلاحه لشعبه، ثم ترى بعينيك مدى صحة هذه الروايات من كل وجه. ثراء باذخ، مزدهر وحياة رغدة تجدها هناك مثل حديقة أحسَن ريها والعناية بها. سيدتي، إنني أشعر بالوهن وأنا أتكلم عن هذه الأشياء. فلا توجد في الحقيقة كلمات تكفي لوصفها. إن الاكتشاف الحقيقي يحدث حينما توجدين في قلب كل ذلك تعاينينه برأي العين. إنه إحساس غامر حقًا. لقد كان يومًا طويلاً يا سيدتي. أتمانعين إن خلدنا للراحة الآن؟"

استيقظ داخل الملكة جوع جديد. غير أن ندى السلام الذي هبط عليها جعلها توافق على اقتراحه بكل راحة. سلما بوقار أحدهما على الآخر وبدآ في المُغادرة.

ثم تكلمت الملكة بصوت هادئ: "أيها الملك حيرام، أنا أعلم كم لديكم من أعمال تنهونها قبل عودتكم. أتستطيعا كليكما أن تقابلاني ثانية لوجبة قبل أن تعودا للديار؟ سيكون الطعام مُعَدًا وربما أمكننا استكمال حديثنا". كانت تجازف بأن تبدو مُلحِّة، هكذا ظنت، غير أنه بطريقة ما، لم يكن ذلك مهما.

❧

(٥)

شعرت أبيجايل في صباح اليوم التالي بالتعب. لقد خَلقت لها مأدبة البارحة مزيدًا من العمل. كانت قد رتبت أن تستيقظ متأخرة، غير أن اللقاء غير المرتب مسبقًا للملكة مع ضيوفها اضطرها للسهر أكثر مما توقعت. تمنت لو شعرت باسترخاء كذاك الذي كان يبدو على سيدتها بعد لقاءها مع رجال صور. لكن تعبها لم يمنعها من عادتها في الاستيقاظ مبكرًا. بكل ولاء، قامت لتجهز للملكة طقوسها الصباحية. حرصت على أن تكون كعكات العسل والشاي معدة، وكذا الملابس، وبرنامج اليوم. للحظة، جلست بهدوء وطفولية تعبث بخصلة من شعرها حول أصابعها.

فجأة، سمعت صوت ارتطام شيء آتيًا من حجرة نوم الملكة. هرعت عبر الدهليز، وفيما هي تدخل الحجرة، اكتشفت أن الملكة في حالة من التشويش. يبدو أنها أثناء نومها قد أطاحت بدورق الماء المجاور لفراشها بيدها فارتطم بالحائط فأفاقت من نومها منزعجة.

حينما رأت التعبير المرتسم على وجه أبيجايل أدركت أن ملاحظة تبديها لها قد تساعدها.

"أنا بخير أبيجايل، أنا فقط جَفُلْتُ. لابد إنني كنت أعاني من ليلة

أخرى من عدم الاستقرار وبطريقة ما أطحت بالدورق من على الطاولة المجاورة. أعتقد أنه من الأفضل لي أن أقوم الآن وأبدأ يومي مادمت لن أقدر على العودة للنوم مجددًا وسط هذا الصخب".

"بكل تأكيد يا سيدتي"، أجابت أبيجايل وهي تجفف الماء المنسكب على الأرض.

هزت الملكة رأسها وهي تنظر إلى الفوضى التي أحدثتها وقالت لأبيجايل "لست أدري كيف تتحملينني. لكن على الأقل سنعرف أن الأرض قد مُسحت حديثًا".

أجابتها أبيجايل قائلة: "على الأقل، لسنا نبدأ كل صباح بهذه الطريقة، أليس كذلك يا سيدتي؟ سأعود حالاً بالشاي والكعك، وسيبدو كل شيء مشرقًا".

بعد عدة رحلات عبر الدهليز كانت أبيجايل تصب فنجان الشاي الثالث للملكة.

"أبيجايل، أود لو زرت عمي هانام اليوم. إفتقدته مؤخرًا واشتاق إلى حديث من القلب إلى القلب معه".

"أنا واثقة أنه سيفرح كثيرًا لرؤيتك سيدتي".

أكملت الملكة: "إنني قلقة عليه فقد سمعت بالأمس أنه نادرًا ما يغادر فراشه الآن. يبدو أن نوباته تزداد حدة. إنني أحاول أن أوليه أقصى رعاية ممكنة، لكني غير قادرة على محو حقيقة كونه عجوزًا جدًا وأنه لن يصير كما كان في شبابه.

لديَّ كم رائع من الذكريات عنه من وقت طفولتي. كنت أحس

دومًا أنني المفضلة عنده، أستطيع أن أتحدث معه في أي شيء. كم ضحكنا ولعبنا معًا! نعم، لقد كان عمًا رائعًا لي. لن تصبح لديَّ عائلة في اللحظة التي أفقده فيها. لابد لي أن أقدر ما تبقى لي من وقت معه".

قالت أبيجايل: "أناآسفة لما أسمعه عن تدهور صحته. فأنا أعلم مقدار خصوصية علاقتك به".

"شكرًا أبيجايل. إن زيارتي له تسعده. وكم أفرح عندما يستطيع أن يشارك ثانية في إحدى محادثاتنا الشخصية. يقول لي طاقم رعايته أنه يفقد تماسكه يومًا بعد يوم. ويتمنون لو أن زيارة مني تساعده. لكني بصراحة أشعر أنني بحاجة لوقت أمضيه معه أيضًا".

أجابت أبيجايل "بالطبع".

استمر اليوم بترتيباته المعتادة وبلا أحداث. نظمت أبيجايل جدول الملكة بالشكل الذي يرضيها وأخطرتها حين حان وقت زيارتها لعمها هانام. فوضعت الملكة على رأسها غطاء رأس تقليديا ولم تعبأ بإرتداء التاج.

نقلتها مجموعة الجمال بشكل سري إلى بيت الأجداد حيث تأكدت من أن ينال عمها الحبيب كل ما يحتاج إليه. عندما اقتربوا من بيت العائلة، لم تستطع إلا أن تتذكر أباها الملك أجابو. بعد وفاة أمها حين كانت هي في سن العاشرة أصبح والدها وصيًا على عرش سبأ. ثم عينها بشكل رسمي ملكة على سبأ وهي في سن الخامسة عشر، عندما كان على فراش موته.

إنها لا تنسى هذا اليوم أبدًا. لقد انفطر قلبها وانشق إلى ألف قطعة.

لقد شعرت بوحدة عميقة ومثقلة بلقبها الجديد. في تلك الليلة بدأت كوابيسها، في اليوم الذي جلست فيه على العرش الرخامي برجليه التي تشبه حوافر الثور تكريمًا للإله إلماقه. شعرت برعدةٍ تسري في أوصالها وهي تتذكر صوره على حوائط المعبد.

كانت كطفلة ترتعد عند سماعها عن كوابيس أمها. في إحدى المرات، سمعت بالصدفة أمها تصف ظلال رؤوس الثور التي كانت ترعبها. عندها صلت إلى آلهة الحماية متمنية ألا تصبح هي أيضًا فريسة للرعب المخيف الذي اختبرته أمها. في اليوم الذي أصبحت فيه ملكة، فقد كان انكسارها وإنقضاض الكوابيس عليها أكبر من أن تحتملها.

كان العم هانام هو عزاؤها وسندها الوحيد. كان كل ما تبقى لها من عائلتها، وقد بذل مجهودًا بطوليًا لملء الفراغ الضخم الذي وجدت نفسها فيه. والآن بعد أكثر من عشر سنوات كانت مرغمة علي تركه يمضي رويدا رويدا، وهي تراقب سوء حالة عقله وجسده.

إقتربوا من مجموعة المباني العتيقة التى لا زالت تحتفظ رغم قدمها بالجمال. وصلت الملكة إلي المنزل الفخم وإقتربت من المدخل المبني بالحجارة. ما إن دخلت حتى ميزت رائحته العتيقة المميزة. اتجهت إلى باب حجرة النوم فقابلها المسئول عن الحجرة.

”لم يكن بحال جيدة يا سيدتي، لم يكن كما نعرفه. شكرًا لمجيئك“.

دلفت الملكة بهدوء إلى الحجرة. هناك على السرير ذو القوائم الأربعة، كان يرقد عمها الوحيد الباقي على قيد الحياة. بدا

منكمشًا وصغير الحجم وسط السرير المزخرف العالي. شعره الأبيض ملبدًا ولحيته شعثاء. هكذا فجأة بدا نحيلاً ضعيفًا. أيقظه صوت صرير الباب وهو يغلق، فحاول أن يفتح عينيه.

ما إن رأى زائرته الملكية العزيزة، حتى حاول أن يجلس في فراشه، فهرع إليه الخادم مساعدًا.

قال بصوت ضعيف: ”سيدتي، وحبيبتي“.

سارت الملكة إلى ناحيته وقبلت جبينه.

”لقد أوحشتني يا عمي هانام، أرجو أن تكون زيارتي مناسبة لك“.

أجابها وقد أفاق قليلاً: ”أنا دائمًا يناسبني أن تزورينني“.

أشارت للخدم بأن يغادروا الغرفة وجلست على طرف الفراش. سألها: ”هلا تبادلنا واحدًا من حواراتنا العتيقة؟“ وهو يتذكر لحظاتهما المفضلة معًا.

”أخبريني عنكَ، ما الجديد في حياتك، لكم يسعدني أن أعرف ما يدور في قلب أعز الناس عندي“.

أجابته: ”عمي هانام، أيخطر أبواي ببالك قط؟“

أجاب: ”نعم. نعم. فحتى رأيتك، لم أرَ قط امرأة أجمل من أمك. مما يحزنني حتى اليوم، هو ذلك الذي عاشت فيه. وأباك، كم كان شغوفًا بتعلم كل ما هو جديد. فبعدما ينام الجميع، يظل مستيقظًا، متحاورًا مع الزوار وأصحاب المقام الرفيع طوال الليل. كان يستمتع

بقصصهم بكل جوارحه".

قالت والأسى يملأ عينيها: "كم افتقدهم". أطرقت للحظة ثم أكملت: "لكن الجانب المشرق مع ذلك، هو أن لازال لديَّ شخصك العزيز".

نظر إليها بطيبة وقال: "إنني افتقدهم أيضًا".

ترددت في أن تفاتحه في الأمر الذي يشغل بالها بالأكثر، لكنها قررت أن تحاول، فقد كانت تثمن آراءه. لقد كان معروفًا عنه في شبابه كونه إنسانًا ذكيًا جدًا.

"عمي هانام، أتتذكر أية قصص عن الملك داود الذي كان عنده ابن اسمه سليمان؟"

مرت لحظات بدا خلالها أنه يتفكر في السؤال الذي طُرح.

"أتذكر القليل عن سليمان، لكني لن أنسى قط قصة سمعتها عن داود الملك. أتذكرها لكونها غير عادية. قبل أن يصير ملكًا كان راعي غنم نحيلاً. إنه هو الذي قتل العملاق بنبلته الصغيرة عندما كان لازال فتى صغيرًا. وتقول الروايات أنه قتل أيضًا أسدًا ودبًا بيديه العاريتين". أكمل قائلاً: "أتتصورين فتى راعيًا للأغنام يصبح ملكًا؟ كانت هذه القصص تمتعني في شبابي".

سألته الملكة: "ما الذي تعرفه عن إله اليهود؟"

كرر سؤالها: "إله اليهود"، وهو يرفع حاجبيه محاولاً فتح عينه المغلقة. ووجهه يتلوي من الألم وهو يجاهد ليجيب عليها.

قالت الملكة لنفسها: ”لابد أن الشمس قد غابت خلف الغيوم“. اختفت أشعة الشمس وصارت الحجرة خافتة الضوء مليئة بالظلال.

كانت إجابته المشوشة هي ”اليهود وإلههم فاسدون. ابتعدي عنهم. عديني ألا تتورطي مع اليهود قط“. عبس وجهه وأمسك برأسه كأنه يتألم، وصار مشوشًا وقلقًا على سريره.

عرفت الملكة أن عقله لم يعد ملكه. لكنها ارتعدت بشكل ظاهر من وقع ما قاله لها. كان فيما مضى مرشدها المفضل. أما الآن، فكلماته هي أقرب لكلمات رجل مجنون. ترى، لماذا يثير ذكر سيرة إله اليهود رد فعل عدائيًا بهذا الشكل؟

بدأ عمها يرتعش ويصرخ بكلمات غير مفهومة. سرعان ما عاد خدامه إلى الحجرة من جديد.

”نأسف لرؤيتك له على هذه الحالة سيدتي“.

أومأت الملكة برأسها وغادرت الحجرة. أسرعت إلى الهودج، وجلست على الوسائد وأغلقت الستائر وهي تكفكف دموعها سريعًا. لقد اضطربت كثيرًا بسبب كلماته. ربما كان من الأفضل لو لم تفتح هذا الموضوع معه. لقد بدا كما كان دائمًا. حاولت أن تتمالك نفسها وهي في طريق عودتها إلى القصر. تمنت لو لم تُضطر لأن تحكي لأحد عن هذه الواقعة التي تهين عمها.

جهزت أبيجايل الملكة للنوم. خمنت أن الزيارة لعمها هانام قد مضت بشكل جيد. كانت جلالتها هادئة ومنطوية طوال المساء. وظنت أن الوجبة المنتظرة مع ضيوفها من صور في المساء التالي ربما ترفع من معنوياتها، لكنها عادت وظنت أن هذا قد لا يتحقق. فلابد أن شيئًا

ما قد سار بشكل خاطئ جدًا عند زيارتها لبيت الأجداد.

بعدما أعدت أبيجايل الفراش واطمأنت إنه ليس هناك حاجة إليها مجددًا، أطفأت شعلات المصابيح عدا المصباح المجاور لفراش الملكة وغادرت الحجرة في هدوء، تاركة الملكة بمفردها مع أصوات الليل الآتية عبر النافذة.

بعد انتهاء أعمالها المعتادة بالقصر، كانت عادة تنسحب إلى غرفتها حيث كان زوجها تيموثاوس يجلس مستدفئًا بجوار نار المدفأة. سرعان ما انضمت إليه، سعيدة بأن يكون لهما وقت هادئ قبل أن يذهبا للنوم.

كم كانت تشعر بالراحة إلى جوار زوجها. كانا يتحملان مسئوليات كثيرة داخل القصر ويتفهمان التضحيات التي يقوم بها كل منهما بسبب عمله. كان تيموثاوس يقوم بعمله بامتياز. لقد كان لسنوات عديدة الحارس الشخصي للملكة، وأصبح الآن أيضًا يدرب آخرين ممن انضموا إلى موظفي القصر في مهمات مماثلة.

راحت أبيجايل تتأمل وجهه وهما جالسين بجوار النار. ولاحظت ندبة على فكه كانت قد نتجت عن حركة غير محسوبة أثناء تدريب قتالي منذ عدة سنوات خلت. حمدًا للآلهة أن تيموثاوس لم يحتاج لاستخدام مهاراته لحماية الملكة قط. كانا كلاهما يخدمان في عملهما بقلوب مخلصة. كان التكريس الدقيق والإخلاص لعملهما هو إنعكاس حقيقي لنوع علاقتهما معًا.

قال لها تيموثاوس: "أبيجايل حبيبتي، أراك ساهمة الوجه هذا المساء، احك لي عن يومك".

تنهدت بارتياح لدعوته لها بأن تشاركه بمكنونات قلبها. ''أنا أعرف أننا قد تحدثنا في الأمر مسبقًا، لكنني لا أستطيع أن أتوقف عن القلق على الملكة، أحيانًا أتساءل إن كانت أهوال ليلها ستنتهي أبدًا. ويبدو أنها حتى لو تخلصت من الكوابيس فإن ليلاتها المشحونة قلقًا ستظهر بادية عليها. هذا الصباح، تقلبت بعنف في فراشها حتى أنها أطاحت بدورق الماء فأيقظها صوت ارتطامه بالحائط. لسنوات أصبح تكرار هذه الأمور أمرًا مألوفًا. لقد ظننت أن الأمور لن تسوء أكثر من ذلك، لكني كنت مخطئة. إن ما حدث خلال الأسابيع الماضية قد جعلني أبكي مرات أكثر من أن أحصيها. كم أنا قلقة عليها''.

اقترب منها تيموثاوس وضمها إليه. كان يدرك أكثر من أي أحد آخر مقدار حبها للملكة. لا أحد كان يعرف خصائص حياة الملكة أكثر من أبيجايل.

كان معروفًا عن تيموثاوس شهامته وشجاعته. كان قويًا وسريع الاستجابة عند الضرورة بالقدر الذي يتمناه أي أحد. ومع ذلك فقد كانت الصفة التي أراحت أبيجايل أكثر من أي صفة أخرى هي حمايته لها عبر السنين. لقد كانت واثقة في استعداده للتضحية بحياته من أجلها إن لزم الأمر.

ربت على ذراعها وهي مستندة برأسها على كتفه وقال لها: ''إنه من العسير فهم هذه الأمور'' فدعينا نصلي للآلهة أن تساعدها بالقدر الذي تحتاجه''.

بعد لحظة صمت، أكمل قائلاً: ''تذكري دومًا يا حبيبتي أنك لست ملزمة بالحصول على إجابات نيابة عنها. إن حبك لها هو موهبتك.

أنك مصدر قوة لها وتذكار دائم على أنها ليست وحيدة".

شعرت أبيجايل أخيرًا بالاسترخاء. كان تيموثاوس كصخرة، يعلم دائمًا ما يجب عليه قوله لتهدئتها وتسكين مخاوفها.

قالت وهي تمسك بيده: "لنخلد إلى النوم، قد يكون الغد بداية جديدة".

سويًا، أعدا الفراش، مثلما فعلا مرات كثيرة قبل ذلك، وإنسلا تحت الأغطية. طوقها تيموثاوس بذراعه وراحت هي في النوم بجواره في مكانها الآمن المفضل.

(٦)

خطر ببال أبيجايل أن الملكة قد تأخرت في نومها أكثر من المعتاد. لعل الأمر كان منطقيًا، بسبب إحساسها بالتعب عقب زيارتها لعمها هانام. وشعرت بالراحة لحصولها على بعض الوقت الهادئ قبل مسئوليات اليوم الجديد. جلست تحتسي كوبها الخاص من الشاي مع بعض الطعام، وبعض مما تبقى من وليمة مساء الأمس.

عندما كانت تجمع بعض بقايا الخبز بيديها من على المائدة، سمعت الجرس يرن. دوى رنينه عبر الدهليز. لقد مضت منذ أشهر منذ سمعت الملكة تستدعيها بقرع الجرس. كانت نغمات الجرس اليدوي الذهبي مختلفة جدًا عن صرخات الفزع التي تستيقظ عليها الملكة كل صباح. استجمعت أبيجايل أفكارها وقالت لنفسها وهي تسير إلى الحجرة، لعل سيدتي قد رأت أحلامًا جميلة الليلة الماضية. عندما دخلت الحجرة تعجبت أن رأت سيدتها قد استيقظت منذ فترة. ارتبكت أبيجايل وملأها الفضول لمعرفة ما قد جرى.

قالت الملكة: ”صباح الخير يا أبيجايل، من الجميل أن أراك“. ورغم أن بسمة ارتسمت على شفتيّ أبيجايل فقد كانت مصدومة من كل ذلك. كان ثَقل الكوابيس الليلية غائبًا بالقطع عن الحجرة. فتحت

الباب لإدخال الطعام وهي فعليًا غير قادرة على استيعاب كل تلك الأمور.

بدت الملكة مسرورة وبدأت في الكلام: "لقد حدث شيء مدهش. اجلسي من فضلك. أنت تعلمين أكثر من أي أحد الكوابيس الليلية الرهيبة التي تهاجمني باستمرار".

صُدَمَت أبيجايل، إذ أن الملكة لم يسبق لها أن تحدثت عن أيَ من هذه الأمور معها فيما سبق، رغم أن صرخاتها الرهيبة قد جعلت أمرها معروفًا بشكل غير مريح.

قالت لها الملكة وقد رأت الدهشة التي تملكت وجهها: "أعلم أننا لم نتحدث عن أي من هذه الأمور قبل ذلك، لكن مع ذلك، لابد أن نفعل ذلك، اليوم. إنَّ حالة الفوران التي يتسبب فيها نومي المضطرب كانت دائمًا نتاج كوابيس مظلمة لم أرد قط أن أتكلم عنها مع أي أحد. لقد كانت هذه الأحلام حقيقية بشكل شديد الواقعية ومرعب تملأها الأشباح والكلمات المعادية. إن شياطيني كانت تبدو حرفيًا كأنها تهاجمني وتقيدني بقوتها وتتركني عاجزة عن الدفاع عن نفسي وأنا أغرق في أغوار المحيط المظلمة، غير قادرة على التنفس من جديد. كنت أصارع لأتحرر بلا جدوى."

ملأت الدموع عيناها وهي تتكلم بصوت حاسم: "صدقيني، لقد حاولت الهروب، لقد حاولت فعلاً. لم يكن ينقذني مؤقتاً من الظلمة الخانقة والموت الوشيك إلا استيقاظي من النوم. لكن ليلة الأمس، ليلة الأمس"، تلعثمت وهي تبحث عن الكلمات المطلوبة. "كنت أعاني من نفس الكابوس. كانت الظلمة وإحساس العجز أكبر من

أي وقت مضى. لقد كنت مقيدة وآخذة في السقوط في هوة الظلام السحيقة المحطمة تلك". وبدأت الملكة تبكي بشدة.

لم تكن أبيجايل قادرة على التخمين بما حدث بعد ذلك. إنها لم ترى الملكة تبكي هكذا. ما الذي يجري هنا بحق الآلهة.

تكلمت الملكة وهي تجاهد لتجد الكلمات المناسبة، وهي تتعثر في زحام مشاعرها حتى تمكنت من الإكمال، "لقد حدث شيء، نوع من تدخل الآلهة، لقد جاءني منقذ غير مرئي. لم أتمكن من رؤية هوية تلك القوة، ولكن بشكل ما، استطعت أن أميز غضبًا مقدسا تجاه الظلمة التي حاولت أن تسلبني حياتي. كان لدى تلك القوة القدرة المذهلة على الانتقام لي. كأنما امتدت يد خفية وأمسكت بي وقطعت كل أثر للشر الذي كان يحاول تحطيمي. بشكل غير طبيعي، أو بالحري فائق للطبيعة، حُمَلتُ إلى حيث كان بإمكاني أن أتنفس مجددًا".

تنفست الملكة بعمق كأنها المرة الأولى ثم استطردت "أبيجايل، لقد شعرت أنني حرة. للحظات قليلة مجيدة، أحسست بالحرية، بالانعتاق وبسلام لا أستطيع حتى الآن أن أصفه". انسابت الدموع على خديها. ثم وقفت واحتضنت وصيفتها المحبوبة.

تأججت عواطف أبيجايل حتى خشيت أن تنفجر بما تحمله لكنها نجحت في أن تهمس قائلة: "كم أنا سعيدة لأجلك، كم أنا سعيدة".

كفكفت الملكة الدموع عن خديها ورأت سيل الدموع المنهمرة على وجه أبيجايل. وتقاسمتا لحظة أخرى من الترابط الهادئ لا يمكن نسيانها مادامتا على قيد الحياة.

ثم قالت الملكة: "أبيجايل، لقد حفظت في قلبي رغبة في أن أعطيك شيئًا غاليًا على قلبي جدًا. كما تعلمين، فليست لديَّ عائلة سوى عمي هانام. لكنك كنت دائمًا معي. يا صديقتي العزيزة جدًا، إنني أود أن أعطيكَ هذا". فتحت خزانتها فرأت أبيجايل عقدًا ذهبيًا جميلاً تتدلى منه حلية على شكل بيت تعلوه الحجارة.

انعقد لسان أبيجايل من الدهشة. كان العقد من أجمل ما رأت عيناها على الإطلاق. كان يشار إلى التعويذة المتدلية منه "ببيت الروح" عند شعب سبأ.

قالت أبيجايل: "من المؤكد أن إرثًا عائليًا كهذا لا يصح أن يفارقك". ابتسمت الملكة وقالت: "لقد فكرت بهذا الأمر بعض الوقت. إنني أتذكر هذا العقد حين كانت أمي تعلقه برقبتها وأنا طفلة صغيرة، أسند رأسي على صدرها. لابد لي أن أعطيكِ إياه كتذكار لكل الأوقات التي تشاركنا فيها بقلبينا وروحينا". ثم تناولت العقد وعلقته برقبة أبيجايل.

لم تدري أبيجايل ماذا تقول. نظرت إلى الملكة وارتسمت على محياهما أحلى البسمات. "سوف أضع هذا العقد بكل ما يحمله من أفكار الإعزاز لك، سواء أكنا معًا أو لم نكن".

ردت الملكة قائلة: "ليكن عربون صداقتنا التي لا تموت".

عندما إستدارتا لتمضي كلٍ إلى طريقها توقفت الملكة لبرهة وقالت: "إنني أتساءل أحيانًا يا أبيجايل إن كنت سأقابل يومًا رجلاً يمكنني أن أجد راحتي معه مثلما أجدها معك. إنني أرغب في أن يكون لي وريث، وأن أكون في صحبة زوج. ومع ذلك فإن دوري

كملكة يستهلكني تمامًا حتى أخشى أنني قد انفصلت عن طموحاتي الشخصية".

قالت أبيجايل: "سيدتي، ربما يأتي اليوم الذي فيه يستيقظ قلبك من جديد على أشواقك التي أبعدتيها جانبًا".

دام أثر السلام الغامض الذي كسر فجأة دائرة الرعب التي عانت منها الملكة. إنها بالقطع لم تفهم ما حدث. ما الذي كان وراء قوة كهذه، وراء معونة منقذة كهذه؟ كانت تقدر تمامًا لحظة السلام المذهل الذي كانت تستمتع به. كانت تود لو عرفت من أو ماذا كان وراء هذا اللقاء غير العادي. لقد فكرت في نفسها أنها إن عاشت بقية حياتها بهذا السلام والصحبة الهادئة فسيكون هذا أمرًا يفوق خيالها. من ذا سعيد الحظ ليحيا بهذا الشكل؟

(٧)

لمعت أشعة الشمس من خلال أغصان أشجار الفناء ناشرة دفئها على وجه الملكة. كانت تنتظر ضيوفها بهدوء متساءلة ترى إلى أين يأخذهم حوار اليوم؟ إن هذه المغامرة الجديدة الغريبة قد خلقت لنفسها قطعًا حياة خاصة بها. منذ أيام قليلة مضت لم تكن قد سمعت شيئًا قط عن سليمان ولا عن إلهه يهوه. لكنها الآن لم تسمع فقط، بل أصبحت تحتاج إلى معرفة المزيد!

كانت نوافير الفناء وزهوره المحيطة بالمكان تأخذ الألباب. كانت تفاصيل كل ما بالفناء مصنوعة بعناية فائقة لراحة ضيوف القصر. كان حسن الضيافة لأهل سبأ من الأمور المقدسة. مقدسة إلى درجة اعتبار أن الضيف الذي يشاركك وجبة ما، يصبح في حكم من قطع عهدًا معك. فعندما تتعشى مع صديق، يكون المتوقع هو الصداقة والبهجة والراحة والانتعاش والسلام والأمان والوفرة والطيبة والشبع. وكان هذا صحيحًا سواء كان هذا العشاء في كوخ بسيط أو في قصر. يمكنك أن تفترض أنك بأمان في بيت صديق حميم كهذا. كان كل ما للضيف تحت تصرف ضيوفه. بداية من غسل أرجل الضيوف عند وصولهم، إلى تطييب رؤوسهم إلى إشباع جوعهم،

حيث كانت قواعد الضيافة تقضي بإشباع جميع احتياجاتهم.

كانت نافورة الفناء موضوعة بزاوية تسمح لها بالتقاط النسائم الرقيقة وأن ترطب ضيوف القصر وهم يستمتعون بزهور الحديقة الممتدة كشراشف. كان الاهتمام واضحًا في خلق الجمال في الفناء ليشعر الزائر بالانتعاش الخارجي والداخلي. لذا كانت أقصى إهانة هي أن تخون أحدًا استضافك في بيته. لأن الصداقات الحميمة كانت هكذا تتكون.

تأملت الملكة في معنى تناول الطعام معًا. ووجدت أمر تناولها الطعام مع هؤلاء الضيوف من أرض بعيدة للمرة الثالثة أمرًا مثيرًا للاهتمام. كان من النادر أن تخصص وقتًا طويلاً كهذا لأن مسئوليات مملكتها كانت كثيرة جدًا ومُلِّحة. إن هذه الظروف غير الاعتيادية بالتأكيد قد بينت تحولاً في إتجاه قلبها وهي تدخل في مناطق جديدة.

جلب حارس الباب الضيوف إلى حيث رحبت الملكة بهم. كان لمعان وجوههم يضيف متعة إلى متعة لقائهم مرة أخرى لمناقشة ما قد رأوه واختبروه في مملكة اليهود. كان الجو المحيط بهذا الفردوس المنسوج في أعماق القصر هو الجو والمكان المثاليين لحوار كهذا. استمتعوا بالطعام والشراب وهم متحمسون لحوارهم التالي. حتى الكلام غير المهم عن التجارة بدا الآن محتملاً في جو مشبع بالجمال المحيط بهم.

كان الملك حيرام هو من قام بمعظم الكلام في لقاء الليلة السابقة. وقالت الملكة »كالب، ألا تمنحني شرف مشاركتي بما تعلمته من أبناء إسرائيل؟«

كان لدى كالب عادة أن يومئ برأسه عندما يوجه له أحد الكلام. كان قد لاحظ مدى لباقة الملكة عندما تتكلم وبلاغتها واستمتع برنة صوتها العذب. جعلته طبيعته الهادئة أكثر ترددًا في المشاركة خلافًا للملك حيرام، غير أنه شعر بمسئوليته في الاستجابة لفضولها.

إحمر وجهه خجلاً قليلاً ثم قال: «سيدتي، أنا لم أقابل قط سليمان الملك. لقد رأيته فقط من بعيد وسمعت عنه من شعبه. ورغم أن ما سأقوله قد يبدو غريبًا، لكن شعبه هو الذي أثر فيَّ للأبد في نظرتي لمملكته. أسبق لك أن قابلت شخصًا عاديًا أثر فيك بشكل غير عادي؟ ولَلعلم، فإنني أتحدث عن بحارة، وتجار، وأناس من الطبقة الكادحة. إنني بالفعل قد استطعت أن ألمح أسلوب حياة لم أعرفه قط من قبل، من خلال مصفوفة من هؤلاء البشر البسطاء. لقد وصلت القصص للملوك والممالك عبر أناس مثل هؤلاء.

على الرغم من بساطة مظهره وخجله، فقد بدأ كالب بداية حسنة. فحتى محاولته للاحتفاظ بنظره مثبتًا في عيني الملكة، بدت أسهل الآن. «على سبيل المثال، لن أنسى ما حييت الطاهي الذي كان يعمل على متن إحدى سفن أسطول سليمان. كان وجهه قد إسود جراء العمل الشاق في المطبخ لإعداد طعام من كانوا على متن السفينة، لكن حلاوته الداخلية كانت تشع كفنار. لم يشعر بحقارة مركزه، بل على العكس كان يشرفه كونُه إسرائيليًا. ومع أنه غير متعلم، فقد كان رجلاً صالحًا، لكن «إن ذكرت كلمة يهوه أمامه فقد كان يتحمس ولا يتوقف عن حكي ما يعرفه عنه. كنت أتعجب من رؤيته يتحدث عنه كمن يتحدث عن صديق شخصي. لقد كان حاضرًا بشخصه عند تدشين الهيكل، وعندما كان يتناقش في هذا الأمر كنتَ ترينه يضحك

وفي الوقت نفسه تفيض عيناه بالدموع.

«حاول الطاهي أن يشرح لي شعوره عندما كان هناك. قال إن الملك سليمان قد صلى لأجل الشعب من فوق منصة برونزية، منصوبة في وسط فناء الهيكل. هناك وقف سليمان، ثم جثا على ركبتيه أمام كل إسرائيل وبسط ذراعيه نحو السماء قائلاً: يا رب ليس إله مثلك في السماء أو على الأرض حافظ العهد والرحمة والإحسان لعبيدك السائرين أمامك بكل قلوبهم».

كان عقل الملكة يدور سريعًا وقد تعلق بكل كلمة يقولها. وفكرت في آلهة سبأ. فبالمقارنة بإله اليهود، بدت تلك الآلهة مثل تماثيل باردة خاوية تستجيب فقط إن إصطفت النجوم بشكل سليم أو إن تم الاستجابة لمتطلباتها بشكل مرضٍ. لكن أولئك الإسرائليون يستخدمون كلمات مثل «حب» و«رأفة» وهم يصفون إلههم. كانت هذه ملامح دافئة عن شخص يهتم بعمق.

لم يكن عقلها معتادًا على أفكار كهذه فيما يخص الآلهة. كانت عواطف الشعب اليهودي مركزة على إله واحد كأنه لا توجد آلهة أخرى. لم يكن ذلك بالقطع طريقة تفكير شعبها. للحظة، شعرت بالذنب لخيانتها ميلها الفطري للأمور الروحية، غير أن كلمات كالب سرعان ما قطعت حبل أفكارها.

قال كالب «ظل سليمان يصلي ويصلي للشعب ذلك اليوم. ولم يترك أمرًا من أمور حياتهم لم يصلي من أجله واثقًا في استجابة الله لصلواته. آمن أن يسير شعب إسرائيل طول حياتهم في سبل يهوه. كانت الصلوات آسرة فعلاً».

«لم يترك سليمان حجرًا لم يقلبه، وأتصور أن الإسرائيليين لم يختبروا قط صلاة بهذا الوزن. لقد ظن الطاهي أن الملك لن يفرغ من صلاته أبدًا، لكنه قال أنه كلما أطال الملك في صلاته كلما امتلأ الجو غَنىً وبهجةً ورقةً».

«ما كاد الملك يفرغ من توسلاته، حتى بدأ في الصلاة لأجل من سيزورون البيت. لقد بدا واضحًا أنه قد أحس أن غرباء كثيرين سيسمعون عن يهوه ويأتون من كل حدب وصوب ليتعرفوا على إلهه. فطلب من يهوه أن يستجيب لصلوات الغرباء الآتين، حتى تعرفه جميع شعوب الأرض.

«كنت أعلم والطاهي يتحدث معي، أنه كان يتشارك في قلب سليمان. لأنني قرأت على وجهه رغبته المخلصة في أن أتعرف أنا أيضًا على إلهه. لقد قال لي إن حياته لم تعد كما كانت منذ تعرف على يهوه. وهو ما جعلني أرتعد. كانت شهادة صادرة عن شخص من العامة قليلي الشأن. ومع هذا، فإن أناسًا على شاكلته قد إنضموا إلى صفوف العمالقة أصحاب التأثير القادرين على قلب العالم رأسًا على عقب بشهادتهم عن عظمة إلههم.

استطرد كالب قائلاً: «إنهم يحملون هذه الرسالة معهم في كل مرفأ، إلى أماكن نائية، والنتيجة هي إنه بداية من أبسط الشعوب، إلى أرفع الملوك يسافر الكل ليروا إن كان ما سمعوه حقيقيًا أم لا. كان لهذا الطاهي المتواضع ملامح النبل الظاهرة. كان فخورًا بكنزه الداخلي ومنحه للكل أينما ذهب. لقد تأثر قلبي بكلامه أكثر من أي كلام سبق أن سمعته قبل ذلك. سيدتي، هذا أحد الوجوه التي لن أنساها قط من بين وجوه كثيرة قابلتها في البحر. هناك شيء مختلف في هؤلاء

الذين تقابلوا مع ذاك الإله المدعو يهوه.»

تثبت عقل الملكة على جزء محدد مما سمعته. وكررت كلماته في عقلها المرة تلو المرة: «إنهم يأتون جميعًا ليتحققوا من صحة القصص التي سمعوها... ليتحققوا من القصص التي سمعوها... ليتحققوا من صحتها... من صحتها!!!» لم تدري كم من الوقت سيطرت خلالها تلك الكلمات عليها، لكنها كانت ترى نظرات التساؤل الموجهة إليها من ضيوفها.

فجأة، انفجرت في الضحك. صُدم الضيوف ونظروا إليها بتساؤل. ثم أخذت تضحك من قلبها بشدة أكثر. تجمد الضيوف غير عارفين ما الذي يجب أن يفعلونه. كانوا يتأملون وجهها الطلق ثم بدون سابق إنذار انفجروا هم أيضًا في الضحك. مرت الدقائق وهم كالأطفال منغمسين في الضحك حتى أحسوا بتعب لذيذ يحل عليهم من كثرة ما ضحكوا.

علم الضيوف أن وقت رحيلهم قد حان، بعدما كانوا قد أجلوه لإرضاء رغبة الملكة في جلسة أخرى معهم. لم يتخيل واحد منهما مسبقًا أن لقائهم بها سينتهي بهذا الشكل الخفيف العابث. لماذا كانوا يضحكون؟ لم تكن لديهم فكرة حقًا. مهما كان السبب، فإن جوًا غير اعتيادي قد غلفهم جميعًا. وحتى آخر لحظات وداعهم فإنهم ظلوا مستمتعين بجو الدفء والمرح الذي غمرهم. ظلت الملكة متعجبة من تلك الأحداث التي لا توصف وهي ترقبهم يرحلون. أتراها ستقابل الملك حيرام وكالب مرة أخرى؟ الشيء المؤكد هو أنها لن تنسى أبدًا الفرح الذي لا يوصف الذي زارهم في ذلك اليوم.

سارعت أبيجايل إلى إستكمال واجبات وظيفتها ما أن علمت برحيل الضيوف حيث ستتقابل مع الملكة لمناقشة باقي مهام اليوم. راقبت سيدتها تقترب وقد فارقها ذلك العبء والثقل اللذان كانا يلازمانها. فأين تقطيبة جبينها التي كانت ترتسم على وجهها بعد لقاء طويل كهذا؟ أين تعبير إنشغال البال بشكل حاد الذي كان يرتسم عليها بعد مناقشات جادة؟ إنها واثقة بأنها قد سمعت الجمع كله يضحك بشدة معًا. كانت هذه بلا شك أوقاتًا غير معتادة، حديثة العهد على هذا القصر تمامًا.

وجهت الملكة حديثها إليها بشكل مرح «خذي بعض الوقت لنفسك، وامضيه مع تيموثاوس. استرخي وإنسي مسئولياتك لهذا المساء. أما بالنسبة لي، فإنني أرغب في التمشي قليلاً. سوف أكون خلف حوائط القصر في المناطق المغطاة بالأشجار والخضرة من الحديقة».

عندما لاحظت الخوف على وجه أبيجايل قالت لها مطمئنة إياها «سأكون بخير، لكن يمكنك إرسال جندي عند مدخل البوابة، إن كان ذلك يريحك أكثر».

سارت الملكة لعدة ساعات في أفدنة القصر. ماذا أصابها عبر السنين؟ لقد إنشغلت بمسئولياتها إلى الحد الذي جعلها غير قادرة على تذكر وقت كانت فيه مسترخية ونشيطة بخفة وسعادة. بالفعل، لقد اعتقدت أنه فيما عدا حكمها لسبأ، لم تكن لديها حياة.

كانت تمتص رحيق الجمال المحيط بها وتشعر بلذة ذلك وهي تستنشق الهواء النقي وتسير بين الأشجار التي زرعها أجدادها الأوائل. وشربت من الهدوء والسكينة والأصوات الموسيقية التي

كانت تنبعث من الحدائق الغناءة. كم هو غريب حقًا أن كان كل ذلك تحت سمعها وبصرها يومًا بعد يوم، وسنة بعد سنة، وهي غير مدركة ولا ملتفتة إليه.

وأحست للحظة عابرة، بالحزن يحاول أن يطفو على السطح عنددما بدأت تدرك ما فاتها وهي تتجاهل كل هذه الهبات المحيطة بها. لكنها الآن قد التقطت لمحة مما كان ينقصها. كأن ما يحيط بها قد ساعدها على سبر أغوار أفكارها، فكل شيء بدا وكأنه يحاول أن يعوضها عن ذلك بالبريق اللامع الصادر منه إليها. لم يكن الهواء قط هكذا نقيًا، ولا الأشياء أكثر خضرة، ولا الأصوات أكثر وضوحًا.

إن هذا الحصن المحيط بها كان يناديها راجيًا إياها أن تزوره أكثر من ذلك. بالقطع إن زيارة هذا المكان بشكل أكثر انتظامًا سيساعد على تصفية ذهنها وعلى اتخاذ قرارات جيدة لسبأ. ربما حتى صار ممكنًا أن تراها الأمم الأخرى كقائدة حكيمة، مثل سليمان. لكن في الوقت الراهن قد بدا هذا الأمر هدفًا بعيد المنال. عادت إلى القصر على مهل حيث كانت مسئولياتها تنتظرها.

بدأت الملكة تتعود على سلامها الجديد وتحميه لئلا تحرم من رفقته. وقد لاحظ الآخرون التغيير الحادث. إن السكينة التي تبدو عليها قلما تعكرت. نعم، كان لازال لديها أسئلة كثيرة. واستمرت تواجه تحديات عدة، لكن بعض الأشياء التي كانت تتمناها بشدة لم تعد كما كانت. مرت أسابيع منذ الأحداث الغامضة. لكنها علمت شيئًا واحدًا، أن ما حدث بداخلها لم يكن قد انتهى بعد، كان لازال هناك المزيد...

❧

(٨)

ذهبت الملكة للقاء آشور الذي كانت قد رتبت معه موعدًا. كانت لقاءاتها معه مؤخرًا مشحونة بالعمل في أمور تتعلق بالبحرية. كان هناك دائمًا أمرًا جديدًا يتناقشان فيه، أو مشكلة يحلانها أو فرصًا جديدة يتباحثان فيها. كانت تعرف أن آشور يتخذ قرارات كثيرة بدونها. كانت تثق فيه، وفي قدرته على التصرف والتمييز، يعلم أي الأمور يتصرف فيها بمفرده وأي يرجع فيها إليها. كانت ترغب في ترقيته إلى مرتبة أعلى، لكن منصبه الحالي كان من بين أعلى المناصب.

كانت حجرة الاجتماعات بالقصر مكانًا غير مناسب لتتناقش معه فيما كانت تفكر فيه ذلك اليوم. جلس الإثنان إلى مائدة دائرية، مرتاحين في حضور بعضهما البعض، فلم تضيع الملكة الوقت، وقالت له:«آشور، سأكون صريحة معك، أرغب في السفر إلى أورشليم».

عندما كان يفكر كان يضع سبابته على خده، ويسند رأسه على يده الأخرى. بدت على ملامحه علامات القلق وقال: «سيدتي لست أدري ما أقول. هذا غير إعتيادي بالمرة. إنها مغامرة جريئة. من الوارد أن تتعرضي للكثير من الأخطار والمهالك وبالقطع لأمور

٥٦

غير مريحة وغير مألوفة لملكة.

عاد بذاكرته إلى الوراء عبر تاريخ سبأ فلم يستطع أن يتذكر على الإطلاق حاكمًا قد انطلق في رحلة مماثلة. نعم، لقد كانوا يرسلون رسلاً كممثلين عنهم، أما هذا، فهو فكرة جديدة تمامًا. وهل رحلة كهذه هي أفضل شيء للدولة؟ إن السبأيون يحتاجون إليها في الديار. ماذا إن حدثت أزمة قومية؟ ناهيك عما كيف سيفكر الناس عنها؟ للوهلة الأولى بدت هذه كفكرة غير مسئولة. لَمَ لا ترسل نائبًا عنها كما فعل الملوك من قبلها؟ هل كانت في حالتها الطبيعية؟ ما الذي كانت تفكر فيه؟

أكملت الملكة قائلة «لقد ذهب العديد من الملوك لزيارتها، فلم لا أذهب أنا أيضًا؟» نظرت إليه بجدية، منتظرة رده.

«ربما كان آخرون مثل جلالتك سعيدي الحظ لكونهم قريبين من أورشليم. أما أنتَ فتعيشين بعيدًا جدًا، على بعد ستة أشهر من الترحال. سيتعين عليك أن تسافري في ظروف صحراوية لا ترحم في حرارتها وبردها. وتعلمين أنه ليس لدينا سوى الجمال لتتحمل مشقة الرحلة. سنكون بحاجة إلى قافلة ضخمة من المسافرين لنقل الملكة، وستكون حياتهم معرضة للأخطار كذلك. إن التقارير عن السفر في الصحراء تبعث على القلق.

إن اللصوص وقطاع الطرق يكمنون لينقَضوا على المسافرين الضعفاء. إن تخصصي بالطبع هو البحرية. غير أن القصص الواردة عن الرحلات الصحراوية كانت دائمًا ما تثير قلقي. إن الذهاب والعودة ستستغرق شهورًا. إن ذهبت في رحلة كهذه فسوف

تضحين بالكثير».

علمت الملكة أن آشور يعبر عن رأيه بصراحة. غير أنها لم تكن مستعدة لسماع كلماته المحبطة. فردت عليه قائلة: «آشور، سوف أفكر في كلامك». قامت وأومأت برأسها وغادرت الغرفة.

لم يكن غير مألوف أن يتبادلا حديثًا قصيرًا، لكن آشور علم بشكلٍ ما إن النقاش في هذا الأمر لم ينتهي بعد. في الأسابيع الأخيرة كان يلحظ التغير البادي على محيا الملكة. ولأنه قد خدمها سنين كثيرة فقد أدرك أن شيئًا عميقًا قد أثر فيها. ومع ذلك فقد فاجأته فكرة القيام برحلة خطيرة كهذه. ظل جالسًا مكانه لبعض الوقت بعد رحيل الملكة، متأملاً فيما سمعه.

تقابلت الملكة مع أبيجايل بعدما غادرت الاجتماع، والتي أوصلت لها رسالة وصلت إلى القصر أثناء اجتماعها مع آشور. «لقد وصل رسول وقال إن عمك هانام يطلب أن تذهبي إليه فورًا. إن لديه شيئًا هامًا يخبرك به».

كانت النظرة على وجه الملكة تملأ مجلدات من الكلام وهي تنظر إلى أبيجايل. فالنظرة القلقة لم ينجح التحفظ في إخفائها.

«أبيجايل، أحضري لي الطعام في حجرتي بينما أفكر أنا في هذا الطلب».

كانت الملكة لازالت تحاول أن تستفيق من كلام آشور. والآن ستتعرض لعمها هانام خصوصًا وهو في حالة غير طبيعية. كانت لم تتعود بعد على أن تحمي قلبها منه. لقد جلبت كلماته لها السعادة دومًا على مر السنين. كانت تفكر في السنوات التي خلت والتي

كانت فيها آمنة تمامًا معه. ومع ذلك فإنه يتعين عليها أن تذهب. ماذا إذا كان يحتضر ولديه كلمات أخيرة يُسري بها إليها؟

اجتازت الطريق العائلي مرة أخرى إلى بيت الأجداد، حيث تقبع العديد من الذكريات. عندما وصلت إلى البوابة تمنت لو استطاعت أن تركز نفسها على رغبتها المتزايدة في زيارة أورشليم. لكن بدلاً من ذلك كان عليها أن تستعد للمجهول وهي تدنو من حجرة هانام.

سألت الحارس الواقف خارج الباب «كيف حاله اليوم؟»

«لست واثقًا. بدا منتبهًا لكن صامتًا. ستكونين أنتَ الحكم على ذلك يا سيدتي».

عندما دخلت الحجرة فإن عينه السليمة اتسعت ويبدو أنه كان ينتظرها بفارغ الصبر.

انحنت تقبل جبينه وقالت: «لقد وصلتني رسالتك. أرجو أن يكون كل شيء على ما يرام معك».

«نعم. نعم»! فاجأها رده المتحمس ثم أردف «لديَّ أخبار طيبة»!

شعرت بالارتباك ولم تدري ماذا تتوقع بعد ذلك. سألته «وما هي هذه الأخبار؟!» غير متأكدة إن كانت تريد أن تسمع ما عنده.

بدأ يتكلم بوضوح «لقد تكلمت الآلهة معي بالأمس في حلمٍ، وقالوا لي أنه ينبغي أن تذهبي إلى أورشليم». أشرق وجهُه كوجهِ ساحر يخبئ مفاجأة في جعبته.

أخذتها الدهشة مما سمعته تمامًا، ووضعت وجهها بين كفيها. هل

حقًا ما سمعته منه؟ ألم يطلب منها في الزيارة السابقة ألا يكون لها أي شأن مع اليهود؟ لماذا شعرت بالحيرة من أنباء يُفترض أنها أنباء طيبة؟ كانت تريد أن تصدق كلامه. لكنها تحفظت. كان عليها أن تحمي قلبها. راقبت نظرة الارتياح على وجهه. وبدون لحظة تردد أكمل قائلاً: «نعم، نعم، يجب أن تذهبي إلى أورشليم وسأقوم أنا بالحكم أثناء غيابك»، كان صوته يعلو مع كل كلمة. «إنني قريبك من نفس دمك، وقد قالت لي الآلهة أنه لابد لي أن أحكم!» هكذا أنهى كلامه وهو يميل رأسه إلى الجانب قليلاً محدقًا بها بنظرة ماكرة عدائية.

عندما ظنت أن موقفها لا يمكن أن يسوء أكثر من ذلك، فقد ساء فعلاً. ما الذي يحدث بحق الآلهة؟ كيف له أن يتحدث عن أقصى أمانيها القلبية، وينطق بما كانت تتحرق شوقًا لسماعه يقوله، بطريقة تملأها خوفًا وارتباكًا؟ أكان يحاول أن يخيفها؟ أكان يحاول منعها من الذهاب؟ أكان عدوًا لها؟ أكان لازال هو عمها المحب؟ من كان هو؟ لا، لا يمكن أن يكون هذا يحدث لها بالفعل.

أحست بوجهها رطبًا من جراء العرق، وهو لازال بين راحة يديها. وإذ حاولت أن تهدئ من روع نفسها وعواطفها، فقد ذكرت نفسها بأن الصوت الذي سمعته ليس صوت عمها. ولا التعبير المرتسم على وجهه هو تعبيره. إن كل ما نطق به كان غشًا وخداعًا وحقيقة مجتزأة مغلفة بالكذب، وأعداء مجهولين.

بدون أن تظهر أي مشاعر، قامت ونادت على الوصيف. وقالت له: «حالته ليست طيبة اليوم». غادرت الغرفة فجأة ورأت عمها مستغرقًا في نومه كأنه لم يدري قط بالحوار الذي دار بينهما.

———

عندما وصلت الملكة إلى القصر، كان الليل قد خيم على الأنحاء. دلفت إلى الداخل واستقبلتها أبيجايل، لكن الملكة لم تكن لديها الطاقة حتى على الكلام. قالت لها: «أبيجايل، إنني لست جائعة، وأظن أنني سآوي إلى فراشي مبكرًا الليلة. أتركيني وحدي لبعض الوقت وبعدها سنستعد لإنهاء فترة المساء».

«نعم يا مولاتي».

سارت الملكة ببطء إلى غرفتها. أُغلق الباب وسمعتها أبيجايل تبكي وتنتحب. لقد صارت الحياة حزينة بين جنبات القصر. هكذا فكرت أبيجايل. ووجدت نفسها تتمنى لو لم تعد الكوابيس الليلية مرة أخرى، خاصة وهي تجهل سر ما يحزن الملكة بهذا الشكل.

(٩)

في اليوم التالي، كانت أبيجايل منشغلة بتوجيه الخدم وكانت الملكة تمر في طرقات القصر فتوجهت إليها وقالت لها: «جهزي الجِمال فورًا. أنوي الذهب إلى محرم بلقيس». عندما رأت نظرة الاستغراب على وجه أبيجايل أكملت قائلة «محرم بلقيس، معبد آدام».

أجابت وهي تسرع الخطى «أمرك، مولاتي». بالطبع كانت أبيجايل تعرف المعبد لكن عادة كانوا يرسلون إخطارًا مسبقًا لخدام المعبد بمجيء الملكة. كانت الاستعدادات لذهاب الملكة في رحلة ما خارج حدود القصر غير قليلة. استراحت الملكة في قصرها إلى حين أخطروها أنهم جاهزون للرحيل.

كان المعبد الواقع خارج المدينة مكانًا لعبادة أهل سبأ. لم يكن معروفًا عن الملكة ذهابها إلى هناك بمفردها قط، لأنها كانت تذهب في مناسبات خاصة. وحتى والحال كذلك، فإن أبيجايل لم تسأل عن سبب هذا القرار، لأن كل من عرف الملكة قد علم يقينًا أن عقلها راجح وأنها تتخذ قرارات تتسم بالنظرة الثاقبة.

دنت من الجمال متأملة ضخامة تلك الحيوانات شديدة القوة والاحتمال وقد اكتست بقماش زاهي الألوان تحت السرج المصنوعة من خَشب

الأرو. بمصاحبة الحارس الأمين المسلح تيموثاوس، دخلت الملكة إلى الهودج الملكي. واتخذوا طريقهم حول المدينة إلى المعبد الذي بدا خيال معماره البديع عبر الأفق.

قالت في نفسها وهي تمر بجوار حديقة أخرى جميلة، كم هي رائعة سبأ. كانت الزراعة مزدهرة بفضل السدود العالية والآبار الضخمة التي توفر لها الري والقوة المائية. كانت بعض الآبار ترتفع لعدة أدوار.

ارتسم على وجهها الملكي تعبير مهيب وهي تدنو من مدخل الهيكل. هنا، شاركت في العديد من الاحتفالات الدينية، معطية الاحترام لآلهة آبائها المتعددة. كان شعبها راسخًا في تقاليده لا يحيد عنها في توقير آلهة سبأ. دخلت المعبد وجلست وحيدة. كاد الصمت المحيط بها أن يبعث على القشعريرة، وهو شعور جديد عليها في هذا المكان.

تركزت أفكارها حول إلماقة إله سبأ الرئيسي، إله الشمس الذكر. راحت تتأمل حوائط المعبد في تركيز. ولاحظت النقوش المرتبطة بإلماقة. رأس الثور، والكرمة، وأيضًا لبدة الأسد على وجه آدمي.

كان إلماقة هو إله الزراعة والري، وهو الأساس في الفلاحة الناجحة في العاصمة التي تعتبر في الحقيقة واحة. كانت صفات الآلهة المستمدة من الحيوانات هي الثور، ثم في أزمنة لاحقة، تمت إضافة رموز الكرمة. كان إلماقة، حامي الري الصناعي، هو سيد معبد اتحاد قبائل السبأيين. وكان الدين عند السبأيين هو عبادة جند السماء: الشمس والقمر والنجوم؛ وأخذ أصله من شبا.

لماذا كانت تستعيد من جديد في ذهنها هذا التاريخ المقدس؟ كانت

تأمل أن يقودها السكون كصديق، فسكنت أفكارها وجلست صامتة في محيط المكان المألوف. كانت أعماق روحها تبحث عن إجابة لصرخات قلبها.

ثم فاض من كيانها همس كلمات صلاة. «إلى من أتحدث إليه، إنني لا أعرف، لكن أريدك أن تعرف إنني بحاجة إليك. احتاج حكمتك الكاملة. إن غَنى سبأ يفيض، لكني أبحث عن بركتك وغناك وفهمك.

«أنت الذي قد دافعت عني ورفعتني من هوة الأهوال، إنني أناديك. أتراني ساجاب لتوسلي؟ في بحثي أتراني سأجد بُغيتي؟ في ظلك هل سأكون في أمان؟ من أنت يا من أصلي إليه؟ إنني أبحث عن جوابك. أتمنى أن أجدك. تعال من مكان اختباءك وافتح عينيّ إدراكي. تعال.. تعال.. تعال.. إظهَر لي.. إظهر لي»». بينما الكلمات تنساب من شفتيها وجدت كنزًا من السلام يغمرها.

توقف دفق كلماتها وبدأت تحس بشبع يتنامى في قلبها. ثم فتحت عيناها وهي تظن أنها سترى المعبد كله مضاءًا بالدفء الذي أحست به بداخلها. ولكن على عكس توقعها فإن النقيض هو ما حدث. كانت برودة صخرية محبوسة بين الحوائط المزخرفة تهدد بزعزعة هذه اللحظة المقدسة.

أحست برعشة مفاجئة وبدأت عيناها تمسحان حوائط المعبد. تجمدت من الرعب عندما رأت عينا الثور الضيقتين تحملقان بها. ووجدت رفضًا شديدًا يندفع بداخلها بشكل لا إرادي. وأحاطت بها برودة تحمل شبهًا شديدًا بالظلمة والأشباح لأهوال الليل التي عرفتها.

صُدمت، واستيقظت فيها غريزة البقاء وراحت تبحث عن كيفية الهروب من إحساسها بالتهديد الماثل أمامها. وبدفقة من الطاقة، رغبت في أن تركض.

لكنها قالت بصوت عالٍ «انتظري.. انتظري.. لقد أتيتُ إلى هنا لأجد السلام،لا ما يذكرني بأحلام الماضي المرعبة». أغلقت عيناها من جديد وبحثت عن الاستقرار والسلام الذي أحست بهما منذ لحظات قليلة مضت. وبشكل غير متوقع صدمها إدراك بُعد المسافة والتعالي الذي تميزت به رموز الآلهة المحيطة بها. كم بدت باردة وغير حميمية وهي تجلس وحيدة بينهم.

راحت تفكر مليًا بفطرتها لوقت غير قصير. ثم بدأت تستعيد شهادات من اختبروا واقعية إله اليهود الواحد الحقيقي. لقد كانوا يتحدثون عنه كإله شخصي يحيط عبيده بالحب. ويا للمفارقة في ما تحس هي به حين تنظر إلى آلهة أجدادها. عندئذ، عرفت جواب أسئلتها. كان الأمر كأوضح ما يكون. نعم، نعم، نعم سيكون من الجيد أن أقابل سليمان واستمع إلى حكمته وأرى مملكته. ربما كانت حكمته النور الهادي الذي تبحث عنه والذي قد تفيد منه سبأ كلها.

لكن ما كان يشغل أفكارها أكثر هو الإجابات التي لم تحصل عليها عن إله سليمان. إن كان إلهه هو الله الحق، لكن، لا، لم تكن تتصور أن يكون ذلك حقيقًيا، لكنه إن كان، عندها فإن كل ما عرفته من آلهتها يكون زائفًا. لو كان يهوه هو الإله الحق الوحيد، تكون سبأ كلها قد تم خداعها. في هذه اللحظة بالذات، علمت يقينًا أنها لابد أن تذهب لأورشليم وتكتشف ذلك بنفسها. هكذا نالت جوابها.

قفزت الملكة واقفة على قدميها، كمن سمع نداءً بالذهاب إلى السفر، في مهمة مقدسة. لقد خرجت من حيرتها وغادرت المعبد إنسانة مملوءة عزمًا. وما عزمت عليه أمرًا نهائيًا. أنها ستسافر إلى أورشليم.

فيما بعد في القصر، بينما كانت الملكة تستريح لم تستطع أن تمنع أفكارها المتسارعة. كان ذلك اليوم مفترق طرق هامًا وها هي الآن داخلة إلى منطقة مجهولة تماما. من ذا يستطيع أن يساعدها على تحديد معالم ذلك الطريق؟ تذكرت لقاءها مع آشور وعادت إليها كلماته «إن تخصصي هو البحار، لكن قصص رحلات الصحراء قد جعلتني أشعر بالتهديد الداخلي».

كان ولاء آشور مثله مثل ولاء أي وطني. لكن دروب الصحراء بالطبع كانت غير مألوفة بالنسبة له. وهو بالطبع يشعر بمسئوليته عن حمايتها هي وطموحاتها العالية.

للتو، علمت أن عليها أن تلتقي بتامرين. فعلى الرغم من أنه لم يكن لها تاريخًا شخصيًا معه مثل آشور، لكنه بالقطع كان خبيرًا في بعثات السفر البري. كان تامرين هو قائد ومسئول رحلات قوافلها التجارية، ويمتلك مئات الجمال والبغال والحمير كان قد سافر بها حتى إلى الهند. ثم راحت في النوم بعدما اطمأنت لوجود حل مرضٍ لما ترنو إليه.

❧

(١٠)

كانت أبيجايل غارقة في سيل من الأنشطة والصباح يمضي سريعًا. كانت قد رتبت مسئوليات اليوم بشكل معين، غير أن الملكة غيرت لها كل خططها. ألغت كل موعد ورتبت مواعيد جديدة ووسط طوفان إعادة ترتيب كل شيء، طلبت الملكة أن تلتقي بها أيضًا.

كانت الشمس تشرق بأشعتها اللامعة على نوافذ القصر وأشعتها تدفئ الحجرة التي جلس فيها آشور وتامرين على كرسيهما. كان عجيبًا أن تمكن الاثنان معًا من حضور الاجتماع الطارئ الذي دعت إليه الملكة. كانت أبيجايل منشغلة البال وهي تدرك مدى قوة نوايا الملكة وإصرارها. كان معروفًا عنها أنها تحكم بقلب إمرأة لكن بقوة وشجاعة رجل.

فتحت أبيجايل الباب لدخول ملكتها النبيلة، والتقت عيونهما وتبادلا نظرة ثقة وطمأنينة. وذكرت أبيجايل نفسها بكونها محظوظة بأن تعمل مع ملكة قوية، يبدو جليًا أنها على أعتاب مغامرة جديدة اكتشفتها أخيرًا.

حيا القادة المميزون بعضهم بعضًا. وللتو لاحظت الملكة آشور. فيبدو أنه قد فكر مليًا في كلماته التي قالها عندما التقيا آخر

٦٧

مرة. فقد عرفته حساسًا على قدر ما كان قويًا. ومع ذلك ففي حماسة المغامرة الجديدة، زال الإحباط الذي نتج عن آخر لقاءاتهما معًا.

قالت الملكة: «لقد جمعتكما هنا لأمر هام، ربما يكون مفاجئًا لكما، لكني قد تأثرت بشدة مما سمعته من روايات قادمة من أورشليم عن سليمان».

أطرق آشور ناظرًا إلى الأرض وهي تكمل «لقد قدرت الأمور ووجدت أنه يتحتم عليَّ أن أذهب إلى هناك». نظرت إلى تامرين لترى ردة فعله.

أجاب هذا بهدوء «إنني طبعًا أفهم سبب رغبتك في الذهاب إلى هناك». كان تامرين رجلاً ضخمًا، مغامرًا، ذو أسفار الكثيرة.

ثم التفتت بسرعة إلى آشور، لترى نظرة الاستغراب على وجهه. وتمنت لو استطاعت أن تخفي مشاعرها الخاصة. أكمل تامرين «تعلمين أنني قد تاجرت مع إسرائيل آخذًا ذهبًا وخشب أبنوس وياقوت أزرق لسليمان لاستخدام مئات من نجاريه وهم يشيدون معبد أورشليم العظيم».

ذُهلت الملكة، لكنها بدأت تفهم الأمر. فالإشاعات وحماسة رجال بحريتها؛ لم يخطر ببالها قط أن بعضًا مما سمعوه كان مصدره أسفار واحدًا من قادتها.

في ذهولها، أعادت تقدير كلماته التي قالها «إنني بالطبع أتفهم سبب رغبتك في الذهاب إلى هناك». واحتاجت إلى لحظة تسترد فيها تماسكها بسبب الأخبار الطيبة التي سمعتها. نظرت من نافذة القصر إلى طيف الألوان المبهرة التي تصنعها أشعة الشمس عبر الحديقة.

وأصغت إلى الأصوات الهادئة لخرير مياه النافورة المدهشة. ملأ قلبها إحساس بالبركة. كان مظهرها الهادئ مدعاة إندهاش آشور وتامرين وابتسامة خفية ترتسم على وجهها. وعادت تقول «إذن لقد ذهبت إلى هناك يا تامرين، فيجب أن تخبرني بالمزيد!»

(١١)

كان تامرين يلتقي بالملكة كل صباح ويروي لها كل ما عرفه عن سليمان. وفي المساء كانوا يضعون اللمسات الأخيرة على خطط الزيارة. لقد تأكد آشور وتامرين أن الملكة كانت راغبة حقًا في لقاء سليمان بشكل قوي يكفي لجعلها تمضي في الرحلة الكبيرة عبر رمال الصحراء على ساحل البحر الأحمر، حتى موآب، إلى أورشليم. ورحلة كهذه تحتاج ستة أشهر على الأقل في كل اتجاه لأن الجَمال ليس بمقدورها أن تقطع إلَّا مسافات محددة كل يوم.

أشار تامرين إلى حاجتهم إلى أربعة أسابيع للإعداد للرحلة. كان عليهم أن يقرروا بشأن الهدايا التي سيأخذونها للملك سليمان وأن ينهوا كل الاستعدادات بتجهيز قافلة تليق بملكة. كان هذا أمرًا غير مسبوق في سبأ. كما كان يتعين على الملكة أن ترتب أمر حكم المملكة أثناء غيابها. وأخيرًا، وليس آخرًا، عليها أن تخاطب شعبها. وتمنوا لو أن أربعة أسابيع تكفي لإنهاء إجراءات مثل هذه وغيرها. إن حواراتها مع تامرين قد أشعلت حماستها بأن تمضي قدمًا على الرغم من التحديات المجهولة التي قد تواجهها.

تقلبت الملكة في فراشها. وكان أرقها أرضية خصبة لنمو أفكار

قلقة. تأملت كم الوحدة التي تشعر بها حاليًا، على الرغم من انفتاح الأبواب للرحلة التي كان قلبها يهفو إليها. وعلمت أن رياح قلاع مركبها ربما تكون قد ضعفت، لكن عزمها لم يلن. وشعرت بثقل مسئولية اختيار من يحكم سبأ في غيابها. كان هذا «الشخص» لابد أن يكون أحد قادتها التي تثق فيهم بكل قلبها. وتقلبت الاحتمالات في ذهنها طوال الليل. كانت تنام أحيانًا وتصحو والأفكار القلقة مستمرة معها حتى طلوع النهار.

استيقظت مُجهدة، وأحضرت لها أبيجايل عصيدة وفتحتها وقتًا كافيًا لتستعد لليوم الجديد. وأوصلت لها رسالة عن رغبة آشور أن يلتقيها في أقرب فرصة. وسألتها «أأؤجل موعدك مع تامرين؟» ارتاحت أن عرضت أبيجايل هذا، وأشارت بالموافقة. لاحظت أبيجايل أن الملكة لم تنال قسطًا كافيًا من الراحة. وسعدت بأنها قد قدمت لها حلاً يساعدها.

ارتدت الملكة ثيابها واستعدت آملة ألا يؤثر تعبها على سير اللقاء. منذ لقائهما الأخير بدا آشور غير راغبًا في الإفصاح عما في ذهنه. وشعرت بالراجة لأنه هو الذي دعا للاجتماع. كانت تقدره بعمق. كان أسلوبه الهادئ والحاسم أيضًا يبعث في الآخرين إحساسًا بأن كل شيء سيكون على ما يرام. لقد كافحا معًا لسنوات عديدة واستمتعا بأن يريا سبأ تزدهر. لقد أصبح على مر السنين مثل أبٍ لها.

نهض واقفًا عند دخولها وسلما على بعضهما البعض كما فعلا مرارًا كثيرة قبل ذلك.

سألته: «ما هي أخبار سبأ التي تحملها لي اليوم؟»

أجاب: «لابد لي أن أعترف لقد التقينا مرات أكثر من أن أهتم بإحصائها لمناقشة أمور هذا البلد الذي نحبه». ثم أكمل بعصبية «أنا أعلم أنك مشغولة لكني يجب أن أعبر عما بداخلي. أعتقد أنني مدين لكَ بالاعتذار. أشعر أنني قد خذلتك عندما أجبتك بشكل سلبي. منذ أن كنتِ فتاة صغيرة، لم أرغب إلا في الأفضل لكَ».

ردت الملكة بسرعة، «يا عزيزي آشور، أنت من دون كل قادتي لا يمكن أن أناقش دوافعك. أنا أعرف كم تهتم بي وأقدرك لأجل ذلك».

ثم توقفت فجأة عن إكمال كلامها عندما استغربت من رد فعلها العاطفي. ومع ذلك فقد كانت كلماتها صادقة. لكن نادرًا ما كان نقاشهما شخصيًا هكذا. ولمحت على وجهه نظرة ارتياح.

شعرت بالحرج للحظة من كلمات الإعزاز التي أبدتها له، وعلمت الإجابة لسؤالها التالي. وتعجبت من نفسها لخروج أفكارها منها بهذا الشكل فسألته «آشور، هل تقوم بمسئوليات الحكم أثناء غيابي؟»

أُخذ بالمفاجأة، وكان يفكر في طلبها ويُعمله في عقله، مستغربًا من سرعة انتقالهما هكذا من موضوع لآخر. «أستمحيك عذرًا، هل سمعتك تطلبين مني أن أقوم بالحكم أثناء غيابك؟»

أعادت الرد «هذا بالضبط ما قد طلبته». بدا الأمر غاية في الوضوح بالنسبة لها. لقد كان الشخص الأنسب للمهمة. فقد كان على علم بالأمور القومية، مستقيمًا ووفيًا. نعم لقد كانت سعيدة جدًا بقرارها.

قال لها وقد احمر وجهه «سيدتي، إنك لا تتوقفين عن مفاجأتي! لقد جئت إلى القصر للاعتذار لأجد نفسي فجأة مرفوعًا مؤقتًا إلى

أكثر المناصب شرفًا في سبأ. لا أحد يستطيع أن يحل محلك، لكني سأكرس نفسي بكل قلبي لأجل هذه المهمة».

لم تتوقع الملكة أن يتم الانتهاء من هذا الأمر هكذا بسهولة. ابتسما وقالت له: «خصص أمسياتك للقاءاتنا».

أجاب: «سمعًا وطاعة يا سيدتي»، ثم غادرا الحجرة معًا. كان لقاءًا قصيرًا مع الملكة تبعاته ستكون ضخمة.

غمر قلبها عرفان لرجل نبيل مثل هذا. وبينما هي تسير في جنبات القصر فقد هنأت نفسها أنها على الرغم من قلقها ليلة أمس وأرقها فقد نجحت في إكمال أهم أولوياتها على قائمة الأعمال. شعرت بالرضا التام عن قرارها.

(١٢)

انتشر في سبأ خبر أن الملكة ستوجه كلمة للشعب. كانت تشتهر ببراعتها في العلاقات العامة والدبلوماسية العالمية. ولأنها صارت ملكة وحكمت في سن الخامسة عشرة، فإن قدراتها ومهاراتها قد صُقلت بشكل جيد لمناسبات كهذه. في ذلك اليوم، إجتمع الكثيرون في ساحة المدينة وبدأت الملكة حديثها الفصيح.

«إن سبأ مباركة بالقوة والغَنى. نحن نسعى للتميز في كل شيء صالح. نبحث عن الحق والتفوق. وقد سمعتُ عن أمة لها سمعتها بتميزها في الحكمة. وأن ملكها قد تحصل على حكمة متميزة عميقة ومعرفة. هذه الأمة هي إسرائيل وملكها هو سليمان، ملك اليهود.

قد يكون العديد منكم قد سمع عن هذه الأمور. أما أنا فقد جمعت كل ما استطعت جمعه من معلومات. وبحثت عن معنى جميعها. فإن كانت هذه الأخبار صحيحة، فنحن شعب سبأ ينبغي أن نستوثق من ذلك. لو كان سليمَان حكيمًا فعلاً كما يقولون، فينبغي عليَّ أن أكرمه بالإصغاء لكلمات فمه لنتعلم من أقواله العظيمة.

ربما تكونوا قد سمعتم عن الملوك والشعوب الذين سافروا فعلاً إلى هناك ليتعرفوا بشكل شخصي عما إذا كانت تلك القصص حقيقية

أم لا. إنني مقتنعة أنه ينبغي لي أن أنضم إلى صفوف الملوك الذين يزورون أورشليم نيابة عن شعبهم وأممهم المحترمة. إن هذا هو سؤل قلبي. إنني سأذهب إلى أورشليم بالنيابة عنكم وسأجلب كل ما يمكنني إحضاره من كنوز الحكمة إلى سبأ. سأكون ممثلتكم وسأحضر لكم الأخبار من أرض بعيدة».

قرب نهاية الخطاب أعلنت الملكة بكل فخر أن آشور سيتولى شئون الحكم أثناء غيابها. وكان الجميع في سبأ يعرفون كم هو إنسان حكيم ومستقيم.

كانت الهتافات والتصفيق الحاد هو ردة الفعل التي بدت من الشعب لأن الكثيرين كانوا قد سمعوا عن سليمان ومملكته. كان الفضول يشعل رد فعلهم الحماسي وشوقهم الشديد لتقييم شخصي تقدمه لهم ملكتهم حول هذا الأمر.

كانت الموافقة في سبأ بالإجماع حول قرار الملكة. ومرة أخرى، أتيح للجميع أن يروا قوة شخصيتها وعزيمتها. كانوا يثقون في قراراتها ويفتخرون بها. لقد انضموا إليها بقلوبهم وشعروا وكأنهم يسافرون معها جنبًا إلى جنب في هذا السعي النبيل.

في طريق عودتها إلى القصر، استمتعت الملكة بدفء الاستجابة الحماسية لشعبها كأنها شمس يوم شتوي. كانت محظوظة بأن تكون قائدة أمة يحترم مواطنوها تقديرها للحكمة ويظهرون ولائهم لها.

وصلت إلى بيتها في هودجها الباذخ، وطريقها محفوف بالسبأيين الذين يهتفون لها. وطأت قدماها الأرض من الفراش المحمول ذو الأربعة أرجل، وقابلتها أبيجايل التي افتقدت وقتهما معًا بابتسامة.

لقد جعلت الأحداث الجارية الملكة مشغولة أكثر من المعتاد. أصبح المألوف الآن هو اجتماعات واجتماعات ثم المزيد من الاجتماعات. ولم تعد أبيجايل تدري بعد أن أخبرت بعزم الملكة على السفر إلى أورشليم إن كانت سعيدة أو حزينة بسبب هذه الأخبار.

تنفست الملكة الصعداء بعد أن اطمأنت إلى أن الاستعدادات للسفر قد اكتملت من كل الوجوه. «هلا انضممتي إليَّ أبيجايل في الفناء لتناول وجبة خفيفة؟ إنها فرصة لتلتقط كل منا أنفاسها».

أجابتها «بالتأكيد. سأنضم إليك ما إن أخطر طاقم المطبخ». ثم عادت بسرعة، وهي متلهفة لسماع ما قد تتناقشان فيه، خلال فرصة وجودها مع الملكة. أسرعت بخلع رداء الملكة عنها وشعرت بالنسائم المنعشة حولهما فجلست تحتسي قدحًا من الشاي مع قائدتها الجليلة.

كما هو العُرف، بدأت الملكة بالحديث قائلة: «أرى نظرة الفضول في عينيك. وددتُ أن أكون أول من يخبرك عن خططي. كما تعلمين فقد كان جدولي مشحونًا بالمسئوليات. كان لديَّ الكثير لأنجزه، لكنك ينبغي أن تعرفي أني ما كنت لأحلم بالقيام بهذه الرحلة بدونك إلى جانبي. أنتَ أقرب وصيفاتي. أريدك أن تأتي معي».

كانت ليلة صافية تمتلئ سماؤها بالنجوم الرائعة، وفي هذا الإطار كان الهدوء يبعث على الراحة ومناسبًا جدًا للاسترخاء.

عندما ترددت أبيجايل في الرد، أكملت الملكة قائلة «تعلمين أن كل احتياجاتك ستسدد. وستكون أمامنا أيام سفر كثيرة تمنحنا فرصة الاستمتاع بالجلوس معًا. إن رفقتك ستكون بمثابة صخرة لي.

وبالطبع فإن زوجك الحبيب تيموثاوس سيرافقنا. لست أريد أن أكون بدون حمايته».

كلما تكلمت الملكة أكثر كلما تعذر عليها أكثر تفسير النظرة المرتسمة على وجه أبيجايل. وشكَّت أنها رأت وجهها حزينًا. لكن ذلك غير منطقي. كانت واثقة بأن أبيجايل تحب أن تكون برفقتها.

«أبيجايل، ألأنت بخير؟! تعرفين أنه بإمكانك أن تخبريني بأي شيء».

نظرت أبيجايل إلى الأرض وأخذت نفسًا عميقًا وانسابت دمعة من عينيها عندما عادت ونظرت إلى وجه الملكة. ثم بدأت تفسر ذلك بقولها بكل رقة «سيدتي، أنا حامل».

تثبتت نظراتهما وفي الحال علمت الملكة أنه سيتعين عليها أن تذهب بدون أبيجايل. جعلتها هذه الأخبار غير قادرة على الكلام. كانتا تعلمان أخطار الحمل. لم يكن ممكنًا أن تعرض حياة أبيجايل أو جنينها للخطر.

ساد الحزن عليهما. وبرد الطعام الموضوع أمامهما. ثم وضعت الملكة يدها على أبيجايل وقالت «أنا سعيدة لأجلك. هذا الطفل سيجلب لك ولتيموثاوس الفرح الكثير». ثم بدأتا في تناول الطعام راغبتين في الاستفادة بما هو متاح لهما من وقت معًا.

أدركت الملكة مدى عزلتها وتحسرت أن لا تتمكن أقرب صديقة لها من اختبار هذه الرحلة معها. وتساءلت إن كان السفر بدونها سيكون ممكنًا. ومن ذا ستأخذها معها الآن في رحلتها؟

لا أحد قريبًا منها مثل أبيجايل. ربما أجلت الرحلة إلى ما بعد ولادتها، لكنها علمت أن أفكارًا كهذه تكون أنانية. لابد لها الآن أن تتماسك وتتطلع إلى مشاركة كل تفاصيل الرحلة مع أبيجايل بعدما تعود.

(١٣)

لاحقًا، في مساء ذلك اليوم، راحت أبيجايل تتأمل حديثها السابق مع الملكة. كانت معتادة على مشاركة الكثير في حياة الملكة أكثر من أي أحد آخر وعجزت عن فهم محنة قلبها. لسنوات كثيرة كانت هي وتيموثاوس يتمنيان أن يرزقا بطفل. وربما سلما بأنهما لن ينالا ذلك ـعلى الإطلاقـ لكنهما بعد اكتشافهما لحمل أبيجايل أحسا بأن هذه أعظم هدية يمكن أن يحصلا عليها. كانا محظوظين بعيشهما في القصر تحت جناحي ملكة طيبة وخيِّرة يحبانها ويعجبان بها جدًا. فكل احتياجاتهما وطفلهما ستكون مجابة بسخاء. وكانا واثقين أن ميلاد الطفل لن يتعارض مع وظيفة أبيجايل. فالطفل سينال حب جميع خدم القصر.

كانت الملكة قد أقسمت ألا تفقد أبيجايل كوصيفتها الخاصة. لكن أبيجايل كانت تلاحظ التغيرات الحادثة للملكة مؤخرًا وبالكاد كانت تلاحق كل تطوراتها. وكان عليها الآن أن تتعايش مع حقيقة أنها لن تكون موجودة لتشارك الملكة الخبرات العميقة التي تنتظرها. كانت ترفض بشدة أن تستسلم للأمر؛ كانت تريد أن تكون بجانب سيدتها. وكان الصراع الذي وجدت نفسها فيه يستنفذ قواها.

كيف يتعارض حدثان ضخمان في حياتها بهذا الشكل؟ لماذا يستحيل أن لا تعيشهما معًا؟ إنها لم تسافر قط خارج حدود سبأ. وإن فاتتها هذه الفرصة، فلن تعود مرة أخرى. كيف لها أن تجد عزاؤها الآن؟ هوذا حلم يتحقق والآخر يضيع.

انتفضت عندما وضع زوجها يده على كتفها. فنظرت إلى عينيه ووجهه الطيب وبدأت تبكي. احتضنها تيموثاوس في صمت.

عندما لم يعد في إمكانها أن تبكي من جديد، راح يطمئنها قائلا «تعلمين أنه من الصعب علينا أن نرى الصورة كاملة ولابد لنا أن نثق أن هناك هدفًا وراء كل ذلك. قد يكون لطفلنا مصير يغير مستقبل سبأ. فحتى خدم القصر قد يلعبون دورًا في مستقبل الأمة».

أراحتها كلماته. على نحو ما، فإن الكلام عن طفلهما قد جعل حقيقة هذه العطية تبدو أكثر وضوحًا. إنها ستحمل طفلاً بين ذراعيها وتربيه في غنى القصر. لقد اختبرا بالتأكيد معجزة في هذا الحمل الذي طال انتظاره.

على الأقل فإن انفصالها عن الملكة سيكون مؤقتًا. وسيكون كل شيء على ما يرام. عاد إليها سلامها من خلال هذه الأفكار المريحة. وتخلت عما حسبته خسارة، بل وبدأت ترى في هذا الموقف الجديد بعض المزايا.

إن الملكة ستغيب على الأُقل سنة، وغالبًا أكثر من ذلك. وخلال ذلك الوقت تكون هي قد اعتادت على دورها الجديد كأم. عندها سيكون لها أفضل ما في العالمين. كم كانت قصيرة النظر. وعلمت أن هذا هو أفضل طريق تسلكه.

قال زوجها: «أبيجايل، لقد عرضت عليَّ الملكة أن أكون حارسها الخاص إلى أورشليم، إن أردنا».

«ماذا؟ أتغيظني؟» كانت مستغرقة تمامًا في إحباطها حتى غاب عنها إمكانية سفر تيموثاوس ثم أجابته وهي تائهة وسط أفكارها «بالطبع، بالطبع نود ذلك».

شعرت بالراحة. كان هذا وضعًا مثاليًا. إن جزءًا منها سيكون مع الملكة. ويمكن أن يحكي لها تيموثاوس كل شيء عند عودته. لكن ماذا عن شهور الحمل؟ سيكون عليها أن تلد وهو ليس إلى جانبها.

قال لها: «القرار يرجع لكَ».

ترددت برهة ثم قالت: «إن خدم القصر هم عائلتنا. ورغم رغبتي في أن تكونا هنا فإني أشعر أنه يجب أن تذهب. إن وجودك مع الملكة سيسعدني».

أراحت رأسها على كتف تيموثاوس. خيم سكون الليل على القصر بينما راحت أبيجايل في النوم. إن الصباح سيجعل منها إنسانة قد تجدد نشاطها، واستفاقت من تعقيدات يوم مشحون بالعواطف.

(١٤)

ظلّت أبيجايل إلى جوار الملكة تفعل كل ما بوسعها للإعداد للرحلة. عملت بجهد مضاعف لتعويض فراقهما العتيد. ما كادتا تنتهيان من الطعام حتى سمعتا طرقًا على باب الحجرة. أحضر الحارس مظروفًا مختومًا من رسول عمها هانام. وضعه على الطاولة أمام الملكة. شحب وجهها وهي تنظر إلى المظروف. طلبت قدحًا آخر من الشاي وفتحت المظروف. بوجه شاحب وبلا إنفعالات قرأت المكتوب فيه «ستذهبين إلى أورشليم. ستموتين وسأحكم أنا». والتوقيع العم هانام.

شعرت الملكة بالحذر. لماذا تقبل أن يعذبها؟ إن هذا هو حقًا أحد أغرب المواقف التي تعرضت لها. وعلمت أنها لا يجب أن تدع كلماته تخترق عقلها. لكن مع ذلك، فإن ما يوحي به تفكيره المضطرب قد أقنعها بأن عليها أن تتخذ موقفًا.

«أبيجايل، أعلم أن الوقت متأخر، لكن استدعي لي آشور حالاً. وخذي من فضلك هذه الرسالة وخبأيها بين أشيائي الخاصة حيث لا يستطيع أحد أن يعثر عليها. علينا أن نقوم ببعض خطط الطوارئ ليتم تنفيذها أثناء غيابي عن سبأ. أحضري آشور إلى القصر بأسرع

ما يمكن».

قالت أبيجايل وهي لازالت تشعر بعدم الارتياح «نعم يا مولاتي».

كانت الملكة لازالت في حجرة الطعام عند وصول آشور. لم تكن ترغب في إجراء الحوار الذي جرى لكنها كانت مضطرة. ناقشت معه تهديدات العم هانام وبحثا معًا أفضل الخطط التي يضعانها لضمان إبطال خططه وأفكاره. ولم تشعر الملكة قط بمقدار تقديرها لآشور، مثلما أحست به في تلك اللحظة.

جلست الملكة مع أبيجايل تحتسيان الشاي. كان عليهما اتخاذ قرار هام وهو التفكير فيمن يحل محل أبيجايل خلال الرحلة. «أبيجايل، إنني لم أشغل نفسي بهذا الأمر لثقتي الكاملة في توصياتك».

«لقد فكرت عميقًا في أفضل من يرافقك في السفر. ولقد تفاجأت أنا شخصيًا بمن اخترتها. فقد وقع اختياري على ماريون، السيدة المسئولة عن إدارة شئون العم هانام».

«من خلال ما أسمعه عنها، فهي قد قامت بعمل ممتاز في رعاية شئون بيته. إنها قوية وشجاعة الأمر الذي سيكون مفيدًا في جو الصحراء. لقد تقابلت مع والدتها التي عملت بدأب إلى جانبها وشعرت أنها تصلح للقيام بدور ماريون أثناء غياب هذه».

«إن ماريون سيدة عملية وستأخذ خدمتها لك بمنتهى الجدية. لقد كانت عائلتها من ناحية أبيها تعمل في معبد آدام، مع جدها الأكبر الذي كان كاهن المعبد. إنهم كلهم خدام مخلصون».

صمتت الملكة للحظة ثم قالت «مادمت تشعرين أنها الأصلح، إذَا

فليكن. جهزيها لمهامها، أما أنا فلن أفكر في الأمر ثانيةَ».

قالت أبيجايل: «حسنًا يا سيدتي».

ظلت حياة الملكة تترواح بين اجتماعات مع آشور وأخرى مع تامرين وتأجيلات أخرى وأبيجايل إلى جوارها حتى اقترب اليوم الموعود. واستعد موظفو القصر لرحيل الملكة. أتراها تعود سالمة؟ أتظل سبأ قوية بدونها؟ ما الذي تحمله الشهور المقبلة؟ كان المجهول يولد في قلب الخدم إحساسًا بالضعف.

ظلت سبأ محمية من الاحتلال الخارجي مدة خمسمائة عام بسبب انعزالها الجغرافي. كان السبأيون يتمتعون باستقلالهم وبأنهم في سلام مع جيرانهم. كان هذا بمثابة عزاء كبير لهم. وهم سيتمكنون من التعامل مع غياب ملكتهم المؤقت.

قالت الملكة: «أبيجايل، لقد طمأنت آشور بأنك ستساعدينه في كل أمور القصر كما كنت تفعلين معي. ومعرفتي بأنك ستستمرين في القيام بواجباتك نحوه وهو يحكم ستكون مصدر طمأنينة دائمة لي. لا أحد يفهم نظام إدارة القصر مثلك. لقد قلت له أن يثق في رأيك لو كانت لديه أسئلة».

«لقد أمرته كذلك بأن تكون لك أوقات راحة على قدر ما تحتاجين في الشهور المقبلة. وهو بعد أن استمع لي، فهو غالبًا سوف يهتم بأن تكوني مدللة أثناء غيابي. لابد أن تلدي طفلا بصحة جيدة، فهو سيكون أصغر عضو في أسرة القصر. إنه يتفهم الأمر وسوف يوفر لك أي شيء تحتاجينه».

شجعتها الملكة على أن تستريح مبكرًا ذلك المساء لتمضي وقتًا مع

تيموثاوس. غدًا، يبدأ فصل جديد لسبأ. سيرحلون باكرًا لرحلة تدوم اليوم كله.

❦

(١٥)

شعرت الملكة بالتشوش عندما أيقظها ضجيج النشاط المتنامي داخل أروقة القصر. قُدَم لها الشاي، لكنها فوجئت بحشد من الخدم يفعلون كل عمل يمكن تصوره، من أجل إنجاح الرحلة. وانتقل ذهنها إلى برنامج العمل الماثل أمامها في اليوم الجديد. وبدأ يتفجر في قلبها توقعًا خياليا عما ينتظرها فيما هو آتٍ. أكانت حقًا على وشك البدء في بحثها الثوري عما كان يشغل خيالها لوقت بدا كدهور طويلة؟ حاولت أن تسكن مخاوفها بأن تذكر نفسها بإمكانات تامرين الهائلة في رعاية القافلة.

كان تامرين قد نصحها بأخذ مئات الجَمال المحملة بالهدايا والمؤن لسليمان. وحار عقلها في كمية الأطعمة والمؤن اللازمة لسفر عدة أشهر قادمة. كانت سعيدة بقدرة الجَمال على حمل أوزانًا كثيرة. استمر الخدم يكملون الاستعدادات. وظلت الملكة مستغرقة في تفكير عميق كأنما تستعد للمأمورية الماثلة أمامها. استطاعت أن تتعامل مع تهديد عمها هانام، وهي الآن في طريقها إلى أورشليم لتحيا، لا لتموت.

لم يسبق أن ارتحل كل هذا العدد من الحاشية من القصر. قالت

أبيجايل للخدم: «لقد حان الوقت»، وللتو أخلى الجميع الغرفة.

كان حزن أبيجايل واضحًا لعينيّ الملكة. لا شك في أن أبيجايل قد استجمعت كل قواها لتستطيع الافتراق عن تيموثاوس زوجها وأبو الطفل الذي لم يولد بعد. كانت عيون أبيجايل تعكس حبها الجم للملكة عبر الصمت الذي أحاط بهما. ولم يهدئ من روعها إلا حبهما لبعضهما البعض وولائهما وثقة كل منهما التامة في الأخرى. أمسكتا كل واحدة بيد الأخرى واتجهتا إلى الباب.

بدأت أبيجايل الكلام قائلة: «سيدتي، لقد كتبت لكَ رسالة، ربما يومًا ما خلال الرحلة تودين أن تسمعي كلمات مألوفة لصديقة لكَ. لقد وضعتها في سلة حاجاتك الشخصية. في كل يوم، سأتحسس القلادة التي أعطيتينيها وأرفع صلاة للآلهة من أجلك».

ردت الملكة «إنني لا أتعجب من أنك تحاولين إراحتي حتى أثناء غيابي. أنتَ هدية ثمينة».

سارت أبيجايل بقرب الملكة حتى باب القصر، حيث الخروج الملكي، والذي لن تشاهد عودته إلّا بعد مرور أشهر كثيرة، تزيد عن السنة. كان تيموثاوس ينتظر ليساعدها على صعود هودجها الذهبي، المبطن بوسائد فاخرة وسرير بأربعة أعمدة، ستستقله خلال الرحلة. كان له سقف يقيها حرارة الشمس وستائر لحماية خصوصيتها. كان جملها الرائع مزينًا بسلاسل ذهبية وتمائم لجلب رضى الآلهة. وكان تيموثاوس سيرافقها في كل خطوة من الطريق.

اقتربت الملكة من الهودج وهي تتأمل مشهد الجَمال الممتد المربوطين معًا بحبال مصنوعة من شعر الماعز. ثم توقفت واستدارت تنظر

القصر الذي صارت ملكة فيه منذ كانت في الخامسة عشرة. وغمرت ذاكرتها صور أمها الملكة إسميني وأبيها كبير الوزراء في زاسيبادو.

ثم نظرت إلى خدمها الذين ستتركهم خلفها. رعايا أوفياء ورائعون يتطلعون إليها ووجوههم تعبر بأنٍ عن الحزن والفخر الشديد بمسعاها النبيل. استجمعت رباطة جأشها. كانت رحلتها معدة وجاهزة للتنفيذ. لقد اتخذت قرارًا وهي لن تتراجع عنه الآن. برأس مرفوعة شامخة وكتفين مرفوعتين اتجهت إلى الهودج بكل الجلال المعروف عنها.

أمّا ما لم يكن في حسبانها أن تراه، فكانت هذه الجموع المتراصة على طريق العطور وهم يقطعون شوارع المدينة متجهين إلى خارجها. عندما بدأت طرق الري والسدود العالية والتي ساهمت في انتاج التوابل الغالية تظهر للعيان، كان المواطنون الواقفين يحيونها يبتعدون رويدًا رويدًا. إن آمالها لم تعد مجرد أحلام. إن الحقيقة الجديدة كانت تتحول بسرعة إلى حياة تحياها وهي تدلف إلى المجهول الذي ينتظرها.

(١٦)

بعد مرور شهرين كان عويل رياح الصحراء يصم الآذان. حطت القافلة رحالها أبكر من المعتاد بسبب أن السماء كانت تنذر بليلة عاصفة. لم تكن الملكة مستعدة لما شاهدته عندما أطلت من فتحة خيمتها الآمنة. كانت الرمال المندفعة تسبب فوضى لا توصف وسحابة رمال تهبط على الخيام الممتدة، مأوى القافلة بعيدًا عن الوطن. لم يكن ممكنًا أن تنام وسط عاصفة هوجاء كهذه. على الجانب الآخر من الستارة، كان هناك خدامها، وخيام حراسها محيطة بها كنحل يحيط بخليته.

لم تشعر قط بوحدة مثل تلك التي أحست بها وسط صراخ وعنف الرياح العاصفة. وأحست بالعزلة تحيط بها من كل جانب، رغم الخيام اللانهائية المحيطة بها والتي تشغلها عائلتها المسافرة معها. كانت وصيفاتها ينتظرن في صمت. هن على الأقل كن يستمتعن بصحبة بعضهن بعضًا. هكذا فكرت في نفسها، وهي تتمدد وحيدة تُحْكَم الغطاء عليها وتقربه إلى عنقها.

بدا الليل بلا نهاية. لقد خلقت العاصفة التي بالخارج عاصفة داخلية جعلت الجميع ينتظر بعصبية انتهاء حدة العاصفة. كان الخطر

المحدق بهم حقيقيًا جدًا. كانت تدعو في قلبها «يا إلهي أبقنا على قيد الحياة، أبقنا على قيد الحياة». دون أن تدري أي إله كانت تدعو فعلاً، لكن ما كانت تدريه هو أن تدعو لإله ما. مضت الدقائق كساعات، والساعات كأيام وهي تتساءل متى تنتهي العاصفة. غمرها قلق خانق، وأصبحت تحت لعنة الإجهاد التام.

بإنبثاق نور الفجر، كان جسدها مترهلاً وثقيلاً. حاولت أن تتحرك. قامت وحاولت أن تفكر بوضوح، وهي تشعر بالعطش وجفاف شفتيها. من خلال الدوار، بدأت تتذكر الأحداث التي أدت بها إلى اللحظة الراهنة.

لم تدري الملكة كم من الوقت قد مر. كان الصمت مريعًا. بطلوع الشمس، كان لابد أن يكون هناك نشاط كبير. هناك خطأ ما حتمًا. بدأت تسمع أصواتًا مكتومة آتية من بعيد. نادت على ماريون وشعرن بالراحة عندما سمعتها تستجيب. دفعت الستارة المزينة جانبًا.

«هذا ليس وقت الرسميات. ما الذي تعرفينه؟ كيف اجتزنا الليلة المظلمة؟ أين تامرين؟ أين تيموثاس؟»

من خلال الوجه المذهول الماثل أمامها، علمت أن عليها أن تهدأ. «سيدتي، يود تيموثاوس أن يتكلم معك عندما تكونين مستعدة» هكذا أجابت ماريون، وهي بصراحة غير مسرورة بسيل الأسئلة التي طرحتها الملكة. فليلها أيضًا كان مرعبًا. «إننا لم نُرد أن نزعج نومك الذي كنت بحاجة ماسة إليه. لكن على ما يبدو فإن العاصفة قد تركت غطاءً سميكًا من الرمل على المعسكر كله. بعض الأماكن ستحتاج إلى أن يحفر حولها لتظهر. دعيني أحضر لك القليل من

الماء وأساعدك على الاستعداد لليوم».

استراحت الملكة لمجرد سماعها ماريون تذكر اسم تيموثاوس. كم كانت روح أبيجايل حاضرة وظاهرة أيضًا في زوجها. إن مجرد وجوده كان يبعث بالطمأنينة فيها. شربت من مستودع الماء واندهشت تمامًا عندما أحضروا لها شايًا ساخنًا. ثم استعدت الملكة للقاء وهي تتعجب من كم النشاط الحادث داخل هذا الحيز الضيق من الخيمة.

ذُهلت لرؤيتها تيموثاوس في هذه الحالة من الفوضى. كان مغطى بمعطف من التراب الأبيض وهالات سوداء حول عينيه وإرهاق شديد باديًا في صوته وهو يحييها. خشيت أن تراه ينهار، وبدا وكأنه يقرأ أفكارها فقل: «لا عليك سيدتي، سأكون بخير حين أتعافى من آثار ليلة الأمس. لقد تأكدنا أن الجميع أحياء وبخير، ماعدا بعض القطعان. لقد كافحنا طويلاً وبقوة لأجل حماية الماعز من العاصفة، لكن بعد عدة ساعات من بدء العاصفة، أدركنا إننا لن نتمكن من إنقاذ إلا تلك التي وضعناها داخل الخيم. أدركنا أننا نخاطر بحياتنا لو استمرينا في محاولة إنقاذها. ومن المبكر الآن أن نعرف كم تأثر مخزوننا من اللبن واللحم. لقد جلبنا حيوانات أكثر لتوقعنا لأخطار الطريق. إن قوة الجمال قد نفعتها وأنقذتها. بحسب إحصائنا الأخير فإننا لم نفقد منها أحدًا. يشرف تامرين الآن على إزالة جدران الرمال حتى نتمكن من استئناف الرحلة بأسرع ما يكون. وقد طلب مني أن أنقل له الأخبار».

أطرقت في صمت وهي شاكرة للأبطال المرافقين لها. راحت تفكر في الأخطار الحقيقية التي نجوا منها. وردت عليه بهدوء «قل له أني

بخير واشكره على كل تضحياته».

في خَدَرَها، أزاحت خصلة عن جبينها ووضعت يدها على كتفه وصرفته قائلة: «اذهب ولتكن مباركًا دومًا بسبب شجاعتك».

في وحدتها، راحت تتأمل أيام السفر الرتيبة. وتمنت لو عادت في هذه اللحظات إلى المدينة. ولم ينقذها من إحساسها بالضياع إلا حقيقة أن لا أحد قد فُقد خلال العاصفة. سوف يتعافون وسرعان ما ستتمكن القافلة من مواصلة سيرها.

كانت الملكة محبوسة داخل خيمتها بجبال من الرمل، كأنها سجين عادي. لم تحاول حتى أن تفتح قماش شباك الخيمة لإدخال نسمة هواء منعشة بسبب أن الرمال كانت مثارة في الجو بسبب العاصفة. استلقت لوقت بدا لها كساعات طوال وشعرت بقشعريرة وهي تسحب الغطاء لتتدثر به. انزعجت من صداع ألم بها وارتباك معدتها وظنت أن العاصفة ربما قد نالت منها. فجأة بدأت ترتعش. نادت على ماريون التي ما أن وصلت عندها، حتى كانت الملكة ترتعش بشكل خارج عن السيطرة.

«ليحضر لي أحدهم الطبيب يا ماريون، أشعر بأنني مريضة».

«نعم يا سيدتي». ثم أسرعت في طلب الطبيب.

عندما عادت إليها، وجدت وجهها شاحبًا جدًا. ترتعش بشدة وهي تمسك ببطنها.

قالت وهي ترقد على جنبها ملتفة كجنين «إنني مريضة جدًا».

بدأت الملكة تنتفض وتتقيأ بعنف، وتفرغ جوفها حتى لم يتبقى فيها قوة.

استمرت تلهث ومعدتها تحاول إفراغ ما فيها رغم أن لا شيء كان باقيًا بها.

لم تدري ماريون ماذا تفعل. على الرغم من بنيتها القوية، فقد أدركت أن الملكة تحتاج إلى أكثر مما لديها. وشعرت بالراحة حين وصل الطبيب أخيرًا.

لفوره انزعج مما رآه وبدأ يعطي أوامره «أحضروا ماءً فاترًا وبعض القماش النظيف وأحضروا مزيدًا من الخدم، واستدعوا تيموثاوس».

استدعت ماريون الخادمات فكلف الطبيب اثنتان بإعطاء الملكة حمامًا بأقمشة مغموسة في ماء فاتر. وأمر الأخيرة بتنظيف بقايا القيء حتى لا يبقى له أثر.

سأل الطبيب ماريون وهو قلق «ماذا تناولت الملكة اليوم؟»

أجابت «لا شيء عدا الماء والشاي. إنها لم تأكل شيئًا».

سأل الطبيب في نبرة حادة «أين تيموثاوس؟ ما الذي يؤخره هكذا؟»

وصل تيموثاوس لاهثًا.

خرج الطبيب خارج الخيمة، لكن كان صوته لازال مرتفعًا وهو يقول له «لابد أن الملكة قد شربت ماءً ملوثًا. إن لديها كل الأعراض الدالة على ذلك. أرسل حالاً فريقًا للتأكد ومراجعة جميع أوعية المياه في المعسكر. فربما شرب آخرون من نفس المصدر. هذا أمر عاجل. مسألة حياة أو موت. وأرسل فريقًا آخر يمنع تمامًا الشرب من المياه إلى أن نجد مصدر الماء المسموم».

بقيت ماريون وباقي الخادمات بجوار الملكة. ظلت حرارتها مرتفعة لكن القيء توقف أخيرًا. وتأكدت ماريون من همسة سمعتها خارج الخيمة بأن شخصًا آخر قد مرض. كانت هي وباقي الوصيفات مجهدات. كن قد انتهين للتو من إحمام الملكة ثانية بالماء الفاتر.

قال لهن الطبيب «لقد هدأت حرارتها قليلاً، لتجلسنَّ معها كل واحدة بدورها على ورديات. لقد عملنا كل ما بوسعنا. سأستريح في خيمة بالقرب منها وأراجعها كل فترة. واستدعينني إن لزم الأمر. خذي أنت الوردية الأولى يا ماريون. فالملكة تشعر بالألفة معك. الهدوء في الخيمة سيفيدها».

شعرت ماريون بعدم الراحة جراء كل ما حدث وهي وحيدة مع الملكة. ورغم أنها لم تَرتكب خطأ ما، إلا أنها اضطربت لكونها قد قدمت للملكة الماء الذي تسبب في كل ذلك في المقام الأول.

وبينما ماريون جالسة في هدوء، فتحت الملكة عينيها قليلاً وتكلمت بصوت يكاد يُسمع وقالت لها: «أرجوك، أرجوك احضري الخطاب المختوم في حاجياتي الخاصة واقرأي لي كلمات أبيجايل».

كانت ماريون تعلم كما يعلم الجميع مدى قرب أبيجايل من الملكة. ومع ذلك فقد بدا لها طلبها غريبًا، وهي ضعيفة وهشة كما كانت في تلك اللحظات.

بحثت ماريون بيدها وسط الحاجيات عن الخطاب. فتحته وفغرت الملكة فمها دهشة وهي تقرأ «سوف تذهبين إلى أورشليم. ستموتين. وسأحكم أنا». والتوقيع للعم هانام.

شعرت ماريون بسحابة هلاك تهبط عليهما. ما هذا الذي فعلته؟ لا

يمكن أن تكون هذه رسالة أبيجايل. ألا يمكنها أن تصنع شيئًا واحدًا بشكل صحيح للملكة؟ كانت مرتبكة وخائفة.

راحت ماريون تفتش بعصبية في علبة الحاجيات حيث عثرت على رسالة العم. أحست بالرعب. وأخيرًا عثرت على ورقة أخرى مطوية. لابد أن هذه هي الرسالة المطلوبة ففتحتها بأسرع ما أمكنها.

«سيدتي، سيدتي ها هي الرسالة التي طلبت أن أقرأها لك». غير أن الملكة لم ترد. «لا عليك. سأقرأها لك لاحقًا»، قالت ذلك بنوع من الهزيمة ووضعت الرسالة مرة أخرى في العلبة.

اقتربت الوردية الأخرى من الخيمة. ألقوا نظرة واحدة على ماريون وتمنوا لو خلدت للنوم. كان وجهها شاحبًا مجهدًا. مرت عدة أيام وبدأت الملكة تتعافى من مرضها. كانت لديها ذكريات عن شخص ما يرفع رأسها ليناولها شربة ماء، وأحلامًا غريبة عن قماش مبلل بماء فاتر يمرر على جبينها عندما استيقظت ذاك الصباح، شعرت بالجوع. بالقرب منها، كانت ماريون تجلس تأخذ قسطًا من الراحة.

قالت لها «ماريون»، وكانت أول كلمة تخرج من الملكة منذ عدة أيام.

«نعم مولاتي».

قالت الملكة وقد بدت مشوشة «لا أتذكر ما حدث. أرجوك أرسلي في طلب تامرين واحضري لي بعض الطعام».

غادرت ماريون وقد هدأت إذ رأت الملكة منتبهة وجائعة، وهي علامات طيبة.

أخيرًا وقف تامرين بباب خيمتها، نظر إلى الملكة وغمر قلبه شعور شديد بالراحة.

قال :«لقد أخفتينا جميعًا».

قالت له «أرجوك خبرني بما حدث»، غير عابئة أنها كانت لازالت مستلقية وغير مستعدة لاستقبال أي زوار. ثم استطردت «كل ما أذكره هو العاصفة الرملية فقط، لكن لاشيء آخر بعدها».

«لقد كنتَ مريضة جدًا حتى خشينا على حياتك. لقد انقلب أحد خزانات المياه أثناء العاصفة بفعل الرياح الشديدة وظل غطاءه نصف مفتوح. وقد وُجد فيه رمل وسحالي ميتة لوثت المياه. ثم قام أحد الخدم بإرجاع الخزان وأوقفه في مكانه، غير مدرك لما حدث، وقد شرب منه عدد من رجال القافلة. وقد نجوتم جميعًا لحسن الحظ، عَدَا أحد الخدام المسئولين عن الجمال. ويرى الأطباء أنه ربما كان ضعيفًا بسبب كبر سنه، فلم يشفي مما ألم به».

حملقت فيه الملكة بنظرة زائغة. كان وجهها نحيلاً وعينيها غائرتين وجسدها ضعيفًا لعدم أكلها طعامًا لعدة أيام وشرب القليل من الماء.

استمر تامرين في أداء عمله كالمعتاد وقال لها «لقد أحضر الخدم لك طعامًا فأرجوك أن تأكلي على قدر ما تستطيعين. إنك بحاجة لاسترداد قوتك». ثم انحنى لها، وغادر الخيمة.

وضعت ماريون الطعام بجوار الفراش.

تساءلت الملكة إن كان من الأفضل لها لو لم تغادر سبأ أبدًا للقيام بهذه الرحلة. إن الضرورة التي دعت للقيام برحلة كهذه والتي أتت

بها إلى هذا اليوم قد بدت الآن بعيدة جدًا. وشعرت فعلاً بإنزعاج لفقدانها الحافز الذي حركها للقيام بما سعت إليه.

«ماريون، هلا قرأت لي رسالة أبيجايل؟ إنها في حقيبة أشيائي الخاصة».

هل كانت ترغب في ذلك! لقد كانت تتطلع لهذه اللحظة. وعلى ما يبدو، فإن الملكة قد نسيت ما قد حدث. هذه المرة أخرجت الخطاب الصحيح. فتحت الرسالة وبدأت تقرأ «سيدتي، أعلم أنك قد أخذتي القرار السليم. سوف أضع يدي على القلادة كل يوم وأصلي للآلهة لأجلك. سوف ترجعين إلينا بسلام. أبيجايل».

أحست ماريون بأنها تشاهد معجزة. ففي الحال عادت الحياة إلى وجه الملكة. كانت قوة كلمات التشجيع واضحة لا تخطئها العين. كانت شاكرة للشفاء الحادث أمامها، لكنها بشكل ما لم تسعد بأن ترى كيف أن كلمة من أبيجايل قد ردت الحياة للملكة. وكانت لازالت تشعر بالذنب لأنها أعطت الماء المسموم للملكة.

كانت ملكة سبأ مستعدة لتناول الطعام. لكن الأهم من ذلك، كان استعادتها لتركيزها على أفكارها حتى لا تنهار قواها النفسية. لابد لها أن تتذكر لِمَ جاءت إلى هذا المكان أولاً. فأين الحماسة الأولى الآن، هكذا تساءلت، وهي تحس بالوحدة في هذا المكان غير المألوف. بدا لها شوقها لاختبار ما سمعته عن سليمان وإلهه فكرة بعيدة المنال وبشكل ما فارغة من المضمون، لكنها قررت أن تركز أفكارها على اليوم الذي تصل فيه فعلاً إلى تلك البلاد الغريبة والتي احتملوا من أجلها كل ما كان يحيط بهم من اخطار. قاطعتها ماريون

قائلة «سيدتي، لابد أن تأكلي».

رشفت الملكة حساءها كله. بدت مستغرقة في أفكار عميقة. وفكرت ماريون في أن ذلك يعني تحسنها.

بعد أن أكملت وجبتها، عادت الملكة مرة أخرى تراجع أفكارها السابقة. ما الذي ستقوله للملك عندما تلقاه للمرة الأولى؟ هل تعلن له مكنونات نفسها؟ أتقول له لِمَ خاطرت بكل شيء لتأتي لأورشليم؟ قررت أن تختار بعناية سؤالاً توجهه في حضرة سليمان. ترى كم من الوقت يمنحه لها؟ آه لو أتيح لها فقط حوار قصير مع الملك، عندها ستمضي ذلك الوقت في مناقشة الأمور التي تهمها بالأكثر. كانت حكمة سليمان التي أشتهر بها تجعلها ترغب في مناقشة الموضوعات الأكثر إلحاحًا والتي تعني الكثير بالنسبة لها. أتمحنته بألغاز صعبة؟ أتسكب قلبها أمامه وتفصح له عن أعمق أشواقها؟ أتثق فيه بأن يكون ملجأ آمنًا لقلبها؟ فكرت في هذه الأمور وهي عابسة تواجه يومًا آخر من الترحال في الصحراء. مع كل يوم من أيام السفر، لابد لها أن تحتفظ بهذه الأفكار، حتى متى جاء يوم لقائها بسليمان وجهًا لوجه، تكون مستعدة بشكل كامل ثم راحت مرة أخرى في نوم عميق، مريح.

(١٧)

أصبح بحر الأيام اللانهائية يحيط بالملكة بمشاعر خانقة. لقد مرت الآن شهور أخرى منذ تركت القافلة خلفها مشاهد الرمال والدمار. كانت كل الأيام متشابهة وعزيمتهم تُمتحن بالعبور الرتيب لمغيب شمس كل يوم. غابت الآن ورحلت بعيدًا تلك الأفكار الحالمة التي حركت هذا السعي في المقام الأول. وشعرت الملكة بذنب كبير أنها قد ورطت كل هؤلاء الخدم بإحضارهم معها.

كانت تفتقد أبيجايل بشكل يائس. كم من السهل أن تأخذ شخصًا يعرفك كما تعرف نفسك، كأمر مسلم به.

إن هذا النوع من الصداقة النادرة هو كنز حقيقي صعب المنال، خصوصًا لملكه، يشعر بإنعزالها عمن يحكمهم. إن وجود تيموثاوس إلى جانبها، كان تذكارًا لحب أبيجايل لها الخالي من الأنانية. كانت حياة أبيجايل ستكون أسهل وزوجها إلى جوارها خلال الحمل، ومع ذلك فقد ضحت أبيجايل بذلك، من أجل أن تقيم بينها وبين الملكة جسرًا.

وباختصار، كانت الملكة تتساءل إن كان سيصير لها في حياتها تيموثاوس خاصًا بها، شخصًا يشاركها غَنى الحياة مثلما كانت

أبيجايل وتيموثاوس يفعلان. في سبأ لم يكن لها قط مساحة لأفكار كهذه. أما الآن، فقد صار لديها وقت أطول مما تحتاج إليه وسبأ تبدو نائية جدًا، أبعد من كل ما تخيلته.

مر غروب آخر، وعسكرت الخيام الممتدة والحيوانات والبشر لليلة أخرى في الصحراء. قام الجميع بكل ما يلزم من مهام روتينية لذلك المساء. كانت المجموعة كمدينة مرتحلة تفك رحالها كل صباح وتحطه كل مساء. ويومًا بعد يوم أصبح عادة يومية لسفرهم اللانهائي. وكلما حطوا رحالهم في نهاية كل يوم، لم يكن يقطع سكون الصحراء سوى أصوات الحيوانات وهمهمات الأحاديث الخافتة. استمتعت الملكة بتلك الليلة على نحو خاص، حيث جلست مع بعض مساعديها حول النار يتحدثون عن قصص سبأ. لقد تشاركوا في الضحك والحديث بشكل عفوي شعرت معه كأنها واحدة منهم وليست الملكة الموقرة التي لا يجب الاقتراب منها إلا بالتوقير والرسميات. أحبت تلك الأوقات، والتي بدأت تتكرر بشكل منتظم. وهذه الأوقات الخاصة كانت تسدد احتياجها الشخصي للدفء والصحبة. كان من اللطيف أن تحس وكأنها رفيقة لهم عن أن تكون حاكمة عليهم، حتى ولو لوقت قصير. بعد آخر رشفة شاي، غادرت الملكة وآوت لفراشها وهي تعد نفسها لمبيت ليلة أخرى في الصحراء. بمساعدة ماريون، أنهت ما تحتاج إليه ثم دلفت إلى المكان المخصص للنوم.

وضعت رأسها على الوسادة المصنوعة من الريش، مستمتعة بهدوء الليل. كانت تتساءل عما تبقى من ليال قبل أن يصلوا إلى أورشليم. إنهم بالتأكيد أقرب مما يتصورون.

فجأة، دوت أصوات صراخ عالية كأنها صدام أناس في حرب، فلم

تفهم ماذا يجري. خلال الشهور التي مضت، لم تسمع أصواتًا كهذه. ما الذي سبب كل هذه الفوضى؟ وبينما استيقظ العسكر كله، أحاط مساعدو الملكة بها، والجنود الملكيون أحاطوا بخيمتها، عازمين ألا يصيب الملكة مكروه. ماذا يمكن أن يكون الأمر؟

استمرت الأصوات الحادة وصخب حركة شديدة كان يُسمع في المعسكر كله. كان وطيس معركة حامية وصرخات تدوي على كل معسكر سبأ. بدا أن الأمر لن ينتهي أبدًا. ثم سادت موجة من السكون عليهم. ران الصمت والجميع يتطلع لمعرفة ما جرى. كانوا واثقين أن أمرًا سيئًا قد حدث. ماذا ستكون يا ترى نتائج تلك الليلة المرعبة؟ انتظروا أن يعرفوا شيئًا لكنهم انتظروا وانتظروا دون أن يصلهم خبر.. لا شيء. ماذا كان معنى هذا الصمت؟

تذكرت الملكة في غمرة السكون المتحجر تحذير آشورها المحبوب فيما يتعلق بهذه الرحلة. أكان على صواب؟ أتراها قد عرضت حياة الجميع للخطر؟ أكان هدفها من الرحلة يستحق كل التضحيات التي قُدمت وبُذلت حتى الآن؟ قاومت هذه الأفكار المرعبة وحاولت أن تتمالك نفسها. لم يكن ممكنًا أن تكون الأحداث الجارية بشعة بمقدار الدمار الذي شعرت به.

لابد أن ساعة قد مرت. كانت معتادة على إظهار وجه مطمئن تحت وطأة الضغط غير أنها وثقت أن وصيفاتها كنَّ يرينَّ ما وراء ما تحاول إخفاءه. لكن ما أهمية ذلك الآن. ما يهم هو ألا يكون أحد قد أصابه مكروه ــ لا أحد.

أخيرًا طلبوا إليها أن تخرج خارج حجرتها، حيث قابلت تامرين.

تماسكت وهي لا تدري ماذا تتوقع أن يقوله لها. بدأ يحكي لها بالتفصيل عما جرى.

«يا ملكتي، لقد هاجمتنا عصابة من اللصوص. لابد أنهم تجسسوا علينا لوقت ما وحددوا موقع الذهب والتوابل. وبعدما ظنوا إننا قد إنشغلنا بمسئوليات المساء، بدأوا في التقدم، متجهين إلى حيث كنوزنا المخبأة. ثم إنسلوا عبر خطوط دفاعنا الأولى دون أن يحس بهم أحد، وهم يدنون من كنوزنا التي يقف عليها الحرس. هناك وقع معظم القتال. في ذلك الحين، حين سمع تيموثاوس الجلبة، وضع عدة حراس على خيمتك ثم شق طريقه إلى حيث الفوضى ليصل في الوقت المناسب لإنقاذ أحد حراسنا كان على وشك أن يُطعن. صارع تيموثاوس لإنقاذه، بأن رمى بنفسه بين السكين والحارس. قاتل اللص بشراسة، غير أن تيموثاوس تغلب عليه في النهاية.

«لكننا لم ندرك أن تيموثاوس قد أصيب بطعنة في كتفه، إلا عنما لفظ اللص آخر أنفاسه. وعندما رأى اللصوص أن واحدًا منهم قد مات، بدأوا في التراجع في التو. وبينما هم يشقون طريقهم خارج أسوار المعسكر الخارجية، قتل الكثير منهم. ولم نفقد أحدًا بفضل تيموثاوس. لم نفقد كنزًا بشريًا أو ماديًا. بالحق، لقد أنقذ تيموثاوس واحدًا من أكثر حراسنا مهارة.

«عندها أدركنا أن السكين كانت لازالت مغروسة في كتف تيموثاوس. أحضرنا له الأطباء وهم نجحوا في نزع السكين بعناية. وهم الآن إلى جواره لمتابعة حالته خلال الليل».

لم تجد الملكة كلمات ترد بها. وأغلقت عينيها كأنها تريد أن تحمي

نفسها من عيون الناظرين إليها، وهم يحاولون باستماتة أن يخرجوها من حالة الصدمة هذه. ظلت خدرة طول الليل. استلقت كأنها بلا حياة، ثم راحت في النوم. ولم تتحرك حتى أيقظتها جلبة اليوم الجديد.

بدأ اليوم اعتياديًا. وتساءلت كيف يعود الهدوء هكذا سريعًا؟ وأصغت إلى الأصوات المحيطة بها، باحثة عما يطمئنها بأن كل شيء قد عاد إلى طبيعته؟ أيًا ما كان ما يمكن تسميته طبيعيًا خلال شهور السفر اللانهائية تلك.

أعادت في ذهنها أحداث المساء السابق. أكانت حياة زوج أبيجايل العزيزة على المحك؟ لم تقدر على تصور احتمالاً كهذا. فكيف سيمكنها أن تنظر في عيني أبيجايل وأن تخبرها أن زوجها المحبوب قد قتل؟ لا، لا يمكنها أن تفكر بهذا الشكل. وتساءلت عما حدث للملكة التي كانت تظل مهما ساءت الظروف، دائمة التفاؤل.

فها هي الآن تنتظر واهنة، ضعيفة، مدركة تمامًا بنقائصها كإنسان. بدأت تبكي. كان عالمها الترحالي قد امتص الحياة منها. أين الروح المغامَرة التي عرفتها يومًا عندما كانت متحمسة للبحث عن الحق، مهما كان الثمن؟ كان الاضطراب والتثقل الذي تحس بهما تخف وطأتهما مع كل دمعة تنزل. كانت تصارع لاسترداد تماسكها وتركيزها من خلال ألمها. بدأت رغبتها في رؤية تيموثاوس يتحسن تطغى على صراعها الداخلي. وهكذا نهضت، لتستعد لليوم الجديد عازمة على الذهاب لرؤيته.

شقت طريقها خارج الخيمة، واتجهت على عجلة من أمرها إلى حيث يوجد تيموثاوس. كانت وصيفاتها بالكاد قادرات على مجاراة

سرعة مشيها، وحاول الحرس ألا يبيِّنوا إندهاشهم لنشاطها غير المرتب مسبقًا.

سألت وهي تتجه حيث ظنت أن يكون «أين هو؟» استمرت في اندفاعها وهي تكاد لا تنتظر إجابة، إلى حيث أطباء سبأ.

جاءها من خلفها صوت يقول: «سيدتي، لقد ترك لنا تامرين تعليمات هذا الصباح عن أين يمكن أن تجدي تيموثاوس, إن منحتينا سموك شرف الإبطاء قليلاً، سنأخذك إلى هناك».

توقفت وقد اقتربت من الخيمة محاولة أن تستجمع قواها. لمحها أحد الحرس فدخل إلى الخيمة ليعلن قدومها. لم تتوقف لترد تحية الجندي الواقف خارجًا بل دفعت ستائر الخيمة. بعدما أشارت للآخرين بالخروج، دخلت وحدها.

هناك كان يرقد مثبتًا عينيه على وجه الملكة. بسرعة، حاولت أن تقيم الموقف كما رأته لتفسر حالته. لاحظت من فورها وجود جرح في وجهه، لابد قد نتج عن المعركة. كانت الضمادة الظاهرة للعيان، غارقة تمامًا بدم حديث. كان بشعره دم متجلط. ومع ذلك كانت عيناه زائغتان، تشع منهما نظرة قوية، رغم ما كان يرويه باقي جسده.

قال بحسم محاولاً انتزاع مخاوفها «سأكون بخير. سوف أشفي سريعًا وأعود كما كنت».

كانت الشجاعة التي أظهرها تيموثاوس بعد المعركة لا تقل عن تلك التي أظهرها خلالها. حملقت فيه. وفكرت كم هو شخص نبيل. إن في وسطهم بطلاً حقيقيًا. أو لم يكن هو الوحيد الذي استحق أن يكون المسئول عن سلامتها؟ وإذ تأثرت بأن يخدمها رجل كهذا، التفتت

وأمرت أن تُحضر السجلات الملكية فورًا وأن يكتب بها ما جرى ليقرأ في مسامع كل حاشية الملكة.

حدث نشاط كبير لتحقيق أوامر الملكة. انتظر الجميع وصول الكاتب خارج الخيمة. لم يستمع أحد إلى الحوار الذي دار بين الملكة وتيموثاوس. تركوهما لحوار خاص مميز لا يسمعه سواهما.

وصل الكاتب ومساعدوه مسرعين. دفعت الملكة ستائر الخيمة ثم بدأت بسلطان عظيم تخاطب كل المجتمعين خارجًا. وكان يمكن مشاهدة تيموثاوس ممددًا على فراشه خلفها.

بدأت بقولها «لقد عاينت في خادمي تيموثاوس الروح المضحية لبطل حقيقي. إن له شخصية نقية ومستقيمة ويبرهن على حبه لوطنه ولمن يخدمهم. إنني آمر هنا وأقرر أنه من اليوم فصاعدًا، مادامت سبأ توجد، أن تكون لعائلته ونسله منصب في القصر الملكي. إن هذه الروح الملكية لابد أن يكون لها مكان بين الملوك. وأنا، ملكة سبأ، أعلن ذلك في محضر مواطنيَّ. إن نسله سيكون مكرمًا من كل الملوك الذين يحكمون أراضي سبأ. وأنا أقوم بهذا العهد الوثيق والقرار ليكون نافذًا من كل من يحكمون بعدي.

(۱۸)

لم يمضِ وقت طويل منذ عادت الملكة إلى خيمتها. كم كان يومًا متعبًا حتى الآن. أوشكت أن تخلد للراحة عندما اقتربت منها ماريون.

قالت وهي تنحني «سيدتي، لدى رسالة من تامرين».

جاء الرد فوريًا «بالتأكيد».

أكملت ماريون «أحد كشافاتنا قد عاد. وأراد تامرين أن يُعلِمك أننا نقترب من موآب، وأننا سنصل خلال يوم أو يومين. وهو يلتمس أن يجتمع معك قبل أن ندخل إلى المنطقة الجديدة. لقد قرر كذلك ألا يحل المعسكر لأن الظلام يقترب سريعًا، وهو يرجوك أن تستريحي استعدادًا للرحيل مبكرًا غدًا».

جاء صوت الملكة أجشًا من شدة التعب «نعم، بالتأكيد، أخبريه أنني أشكره لأجل التقرير».

ارتاحت الملكة لمرأى وجه تيموثاوس وسكنت نفسها. كان وجهه وجه رجلٍ قوي ذو عزم، وتأكدت أنه سيُشفى. كان قرب موآب يبشر بقرب انتهاء الترحال في الصحراء. لن يكونوا بعد الآن

بمعزل عن رؤية المناظر المألوفة والقرى، حتى لو لم تكن مثل تلك الموجودة في سبأ. فهل يكون ذلك هو مفترق الطرق الذي سعت إليه من خلال رحلتهم؟ إن المسافرين سيفرحون بانتهاء سفرهم في الصحراء والعبء الذي وقع عليهم بسببه. إنهم لن يفتقدوا بالقطع الشكوك والإحساس بعدم الارتياح والصعوبات التي اختبروها. وإذ اطمئنت بسبب ما سمعته من أخبار، خلدت إلى راحة كانت في مسيس الحاجة إليها.

تساءلت وهي تتقلب في فراشها عن مقدار الوقت الذي نامته. لقد أيقظتها رائحة الخبز الطازج وتعجبت من مدى تحفزها لبدء اليوم الجديد. ثم تذكرت أنها حتى لم تستيقظ لتناول طعام العشاء في الليلة السابقة. فلا عجب إن شعرت بالجوع الشديد. تناولت الجرس ونادت على ماريون.

كانت أولى كلماتها استفساراً عن تيموثاوس. شعرت بالغبطة لإجتيازه الليل ولأنه قد تحسن، واستمتعت بشدة بالخبز الساخن والشاي. بدا لها أن المعسكر كله قد استيقظ مبكرًا. وافترضت أن الجميع جاهزون لترك الصحراء المتربة خلفهم، وأن يتجهوا إلى أرض جديدة. وهذا ما فعلوه. غادرت القافلة الضخمة موقع المعسكر أبكر من المعتاد، وبدأت تتجه صوب آفاق جديدة. وكانت تتمنى مع كل ساعة تمر، أن تتبدل المناظر من حولهم فعلى مدى خمسة اشهر، مهما نظرت من نافذة بيتهاالمتحرك، لم تكن تشاهد إلا المنظر ذاته.

كانت الشمس تميل إلى المغيب، ودعاها تامرين لتناول العشاء معه. وتوقعت الملكة وهي تقبل دعوته، ما كان يريد أن يتكلم عنه. مضت مع العديد من وصيفاتها إلى العشاء وهي مشتاقة أن تسمع

أخبارًا جديدة عن تيموثاوس. كانت أبواب الخيمة مفتوحة لها عندما وصلوا، وتم الترحيب بها بالداخل.

انحنى تامرين محييًا الملكة. كانت المائدة معدة فجلسوا ليستمتعوا بأطيابها. ركزت عيناها على الطعام الموضوع أمامها. وذهلت مما رأته، غير أن ابتسامة رضا سرعان ما ارتسمت على وجهها. «يا عزيزي تامرين، أحقًا أحضرت سَمَكًا، كيف أمكنك ذلك؟» إن شهور السفر في الصحراء قد جعلت من وجبة لذيذة كهذه مجرد ذكرى بعيدة. بدا عليها السرور واضحًا وانتظرت تعليقه على ما قالته.

قال تامرين «إن ملك موآب قد علم بمجيئك وقد قدم لنا هدايا، وما السمك إلا مجرد عينة صغيرة. لقد أعطانا بكرم امدادات تكفي باقي الرحلة إلى أورشليم. كما قدم لنا بعضًا من مرشديه الشخصيين ليساعدونا على إيجاد أنسب الطرق إلى أورشليم، إن اخترت ذلك. من فضلك، كُلي يا سيدتي»، قال ذلك وهو يتوقع أن تجعلها حماستها تتناول بعضها من أطعمتها المفضلة.

هكذا أكلت الملكة بالفعل. ولم تذق أبدًا سمكًا أجمل من هذا. كان الطبق البسيط في تلك اللحظات أجمل من أعظم أطايب القصر. لقد كادت تنسى ترف الوجبات الملكية الماضية، وخشيت أن تتذكرها، حتى لا تفتقد طعمها بشدة.

قالت لتامرين وهي تتناول الطعام المعد بعناية «أرجوك قل لي ما هي أخبار تيموثاوس وما هي حالته الآن؟»

«إنه يتعافى بنفس القوة التي خاض بها المعركة، والجرح الناتج

عن طعنة السكين يتحسن ويشفى بفضل بَلَسَان المرِّ. لقد توقف النزيف. وهو يريد أن يستأنف مهام عمله ولا يعطله عن ذلك إلا أن يحصل على موافقتك. إنه قوي ومتحمس للعودة للعمل. إن الأطباء مندهشون. عفوًا، ينبغي ألا أعطلك عن تناول عشاءك».

لم يصدق كم تكلم واحمر وجهه خجلاً عندما أدرك أن الملكة قد انتهت من طبقها الأول. كان طبقها خاليًا بينما طبقه لازال كما هو. كما لاحظ وجه الملكة. لقد عادت حمرة الحياة إلى خدودها. لابد أن الأخبار الطيبة والطعام اللذيذ اللذين قد عملا عملهما السحري بها.

«أرجوك أبلغ تيموثاوس أنني أرغب في أن يستريح حتى نصل أورشليم. أريده أن يسترد قواه كاملة، حتى يكون إلى جانبي عندما ندخل المدينة». ثم أرادت أن تنتقل إلى موضوع آخر فسألته «قل لي، ماذا لدى الكشافة من قصص عن أهل موآب ليخبرونا به؟»

التقط تامرين أنفاسه للحظة ثم أجاب «حسنًا، كما قد تعرفين، لقد أثارت أخبار زيارتك هنا قدرًا كبيرًا من التخمينات. فالكل يعلم ما هي سمعة سبأ وزراعتها المزدهرة وحدائقها الغناء. إنهم يتساءلون عن شكلك ويقولون أنك لابد جميلة جدًا لتكوني ملكة على بلد غني وقوي كهذا».

احمر وجه الملكة حين سمعت هذا. كم كان مسليًا أن يظن فيها أهل موآب هذا وأن تثير اهتمامهم بهذا الشكل. حاولت تغيير دفة الحوار سريعًا فسألته «ماذا يقولون عن سبب زيارتي؟»

أجاب بدون تردد «إنهم يعتقدون أن ملكة مثلك، حتمًا قد جاءت تزور سليمان لعمل اتفاقات تجارية وإبرام عقود عمل».

عندما وصلت الفاكهة، بدأ كلام تامرين يُحدث وقعه عليها. وتعجبت من كيفية إحساسها بالمفاجأة من كلام تامرين. اتفاقات تجارية؟ عقود عمل؟ ما الذي يفكرون فيه؟ إن معاملات كهذه لم تكن مستبعدة تمامًا، أم تُراها كانت؟ إن دوافع مثل تلك قد جعلت رغبتها في اختبار حكمة سليمان وإلهه، تتوارى في الظل. بدأت تحاول فهم ما يجري.

وإذ شعرت بقليل من الحيرة، والتسلية أجابت أخيرًا «بالفعل إن هذه الأمور والافتراضات تبدو معقولة وسوف أفكر فيها».

«حسنًا، اغفري لي صراحتي، أوليست هذه الأمور هي سبب وجودك هنا يا سيدتي؟»

وبنظرة غريبة قالت ببساطة «سوف نرى...»

شعر تامرين بحرج وهما ينهيان عشاؤهما معًا. شعر أنه يعجز أحيانًا عن فهم الملكة. ما معنى كلمات هذه السيدة التي يشعر تجاهها بالإعجاب الشديد والتوقير والتي أحيانًا ما كان يجدها غامضة؟ قرر أنه من الأفضل أن يترك هذا الموضوع وأنهى العشاء بحديث خفيف لا يشعره بعدم الارتياح. تكلم الاثنان معًا طول المساء واستمتعا بوقتيهما منتظرين قرب انتهاء رحلتهم لأورشليم.

فكرت الملكة في كم مضت الأمسية سريعًا. كان من الغريب ألا يتبقى في ذاكرتها من كل ملاحظات تامرين إلا كلامه عن غرض الرحلة وكم فاجأها أن تفكيره كله ينصب على الاتفاقات التجارية وما شابهها. وهي مستلقية على فراشها، علمت أن ما كان يقبض قلبها خلال تلك الرحلة غير العادية هو شيء لا تقدر أن تصوغه في كلمات تقولها له. كيف تستطيع أن تشرح له إلهامها الخاص الذي

استولى على قلبها بقوة ودفعها إلى مسعى كهذا؟

تذكرت الملكة حديثًا سابقًا عن «شهرة سليمان واسم إلهه الذي انتشر في الأرض كلها». وتأملت مجددًا تلك الكلمات، إن هذه الجملة «اسم إلهه» كانت طريقة جديدة في الإشارة إلى الآلهة. كانت تعلم أن الاسم مرآة ملامح وشخصية الإنسان. فما هي ملامح يهوه؟ إن آلهتها، مثل إله الزراعة وما شابهه، كان من السهل فهمها من مجرد ألقابها، لكنها لم تكن معروفة بصفاتها الشخصية. وكانت تريد أن تعرف أوصاف ذلك الإله اليهودي.

كانت تشعر بالحيرة وهي منجذبة بالوصف الغامض للحضور الذي يمكن أن يُحس به بشكل حميمي كأنه شخص يمكن أن تتعرف عليه. لو استطاع تامرين أن يرى أفكارها، فكم كان سيصدم من تناقضها التام مع ما يفكر هو فيه.

❧

(١٩)

بعد أسبوعين كان السعاة الملكيون ينقلون الرسائل المتبادلة بين أورشليم وقافلة سبأ. كان سليمان ينتظر وصول الملكة وحاشيتها المثيرة للاعجاب.

كان هناك الكثير من الاهتمام يحيط بوصولها. لم يعرف الإسرائيليون قط كيف يكون الحكم لملكة بمفردها. لذا امتلأ سكان أورشليم والملك سليمان أيضًا بالفضول، لأنه لم يحكمهم سوى ملوك فقط. وازدادت التخمينات. واستمرت القافلة في التقدم نحو أبواب أورشليم. كان تامرين يجيب على أسئلة سليمان حول أفضل السبل التي يجهز الإسرائيليون بها حاجات القافلة حين تصل.

بمرور كل الأيام كانت القافلة تنال ترحيب من تمر عليهم ويتوقعون وصولها. كانت الملكة مستترة عن الأنظار تمامًا، متمركزة في وسط هذه القرية الضخمة الراحلة. محاطة بالحرس والرفقاء، كانت تستمع باهتمام للتقارير الواردة، وهي تتطلع للحظة وصولهم لهدفهم.

إنهم على وشك دخول أورشليم في أي لحظة الآن. وكانت تفاصيل وصولهم قد أعدت بعناية. الترتيبات العملية وكذلك ترتيبات دخول تليق بملكة، كلها كانت قد اكتملت. أخيرًا، عند مغيب الشمس وإتمام

آخر معسكر لهم، علم كل من في القافلة الصامدة، أن غدًا سيكون بداية حقبة جديدة واستراحة من عناء السفر هم في مسيس الحاجة إليها.

في تلك الليلة فتحت الملكة ستائر نوافذ خيمتها ودفقات من نور البدر يغمر حجرتها بشكل غامض. إن حجرتها في القصر لم يكن بها قط ومضات مرحة تسليها كتلك التي تنعكس في حجرة خيمتها الآن. إن عزلتها في خبرة الصحراء، لم يخفف منها سوى لحظات كهذه قد جعلت الصعوبات اليومية محتملة. كانت تراقب الأشعة المتراقصة وهي تعد نفسها للتغيرات الوشيكة. لقد مضت عدة شهور منذ أن ظهرت بشكل علني. كانت هذه المدة من الوحدة والعزلة أمرًا لم تألفه. وتساءلت إن كانت مستعدة للعودة إلى الأضواء مرة أخرى تحت أعين مواطني أورشليم. وأحست بالتقدير لكل مساعديها الذين يقفون خلفها بكل ما يملكون من قوة لأجل هذا الاستعداد الخارجي. لكن هي فقط من كان عليها أن تعد نفسها ذهنيًا. وسواء أكانت مستعدة أم لا، فغدًا ستكون محاطة بكل الترحيب السخي اللائق بملكة دولة غنية. ومع هذا، فقد كانت آمالها أن تغادر أورشليم حاملة كنزًا داخليًا أكبر مما يظهر عليها خارجيًا. ومع هذه الفكرة، راحت في النوم.

كانت أصوات الاستيقاظ الصباحية تزداد بمرور كل دقيقة. وسمعت خدامها يصنعون جلبة بأسرع من المعتاد. فحتى بعد أن تناولت الشاي وكعكات العسل، لم يتوقف ضجيجهم. بهدوء، رشفت شايها وأكلت وهي تستمع إلى دوامة ثرثرتهم خارج ستائرها.

قالت ماريون للملكة «حان وقت الاستعداد». بدا أنها تخفض من

صوتها إراديًا لتحافظ على جو هادئ. وشعرت ماريون بالضغط جراء المتطلبات اللازمة لتجهيز الملكة.

قالت لها الملكة «تعالي، أنا جاهزة لما يلزم عمله». بدت لها تلك اللحظة كلحظة خيالية، بعد كل هذه الأشهر من الانتظار. تزينت الملكة بجواهرها ورداءها الملكي المدهش الذي لم ترتديه منذ ما بدا لها كأنه الدهر كله. أعدتها وصيفاتها بمهارة لظهورها الذي قطعًا سيبهر من سيشاهدونها. وصلهم خبرًا أن سليمان قد أعد مكان إقامة فاخرًا في قصر مجاور لسكنه الرسمي لضيفته الملكية وسكنًا لكل من كانوا معها. وستكون الآلاف من اسطبلات خيله وعرباته مكان سكن الحيوانات والمعدات الآتية من سبأ.

سمعت تامرين يشرح لها ترتيبات خطوتهم التالية. كان على هودج الملكة أن ينتقل من مكانه الخفي إلى صدارة الركب قبل أن يقتربوا من أورشليم. كان الوقت لازال مبكرًا. وسيصلون في الوقت المحدد ليكون الملك سليمان في استقبالهم.

هكذا تم تعديل مكان الهودج وإحاطته بعدد قليل من الحرس. وبهذ الوضع الاستراتيجي كان ممكنًا للملكة أن ترى كل ما يحيط بها، وأن يراها كل من تمر به. وإذ تم استقبالها كضيف ملكي كانت واثقة أنها بأمان تام مدعوة للاستمتاع بكل جزء من هذه المملكة العظيمة. بعد أن تأكدت بأن الملكة مرتاحة على وسائدها، إنسلت أقرب وصيفتها خارجًا لتسير بجوارها لتلبي لها أي شيء قد تحتاج إليه.

اختلست النظر خارج ستائر الهودج، ورأت الحوائط الحجرية الضخمة المحيطة بالمدينة المبنية على تل. خارج البوابات كانوا

ينتظرون الإشارة الأخيرة للدخول، خاطبها تيموثاوس عبر الستائر، ففي الحال أزاحتها لترى وجهه المشرق. كان يبدو فخورًا بتلك اللحظة.

كان قد شفي تمامًا من إصابته، والفرح يبدو عليه بوضوح. لقد تم الجزء الأول من المهمة. لقد وصلت الملكة سالمة، وقد حانت الآن لحظة يقطفون فيها ثمار سفرهم المضني.

قال وهو يشع بهجة «نحن جاهزون. هل تأذنين لنا بالبدء؟» قالت وعلى وجهها ابتسامة «بالقطع». أخيرًا كانت أحلامها تتحقق.

بكل شرف قام تيموثاوس بإزاحة الأقمشة الفاخرة التي تحجب الملكة عن الأنظار. لابد أن يتمكن الجميع من رؤيتها الآن. كانت ترتدي أحد أفخر ثيابها الملكية. كان فستانها بألوانه الذهبية والبيضاء عليه رداء مشغول بشكل فاخر بالفصوص والجواهر ومغطى كله بخيوط الذهب. وطبقات من الشيفون الحريري تنزل إلى الأرض وبها خيوط ذهبية بمشغولات فاخرة ورسومات عند قاعدة الفستان.

كان تاجها يلمع بصفوف الجواهر المتدلية على جبينها، وضفائرها المجدولة بقطع من الذهب تلتف بأناقة خلف رأسها. كانت تعكس جمالاً غير اعتيادي لا يصدر إلا عن ملكة.

سمعت تامرين يصرخ بأوامره، وبدأوا يتحركون، تبعتهم صفوف من الجمال محملة بأحمال ثقيلة من الإمدادات والهدايا. عندما دخلوا من البوابات رأوا الأسواق القريبة المصنوعة من الخيام، حيث يشتري الناس ويبيعون بضائع بدت وكأنها من كل ركن في الشرق الأدنى. بجوار الأسوار كانت ترتاح قوافل تبدو وكأنها من مصر

وسوريا. كانت البيوت الطينية ذات الطابق الواحد أو الطابقين تبرز من وسط أورشليم بالمئات، والشوارع الضيقة والمحال المزدحمة.

انتشر خبرهم في كل مكان، وأصبحوا محط الأنظار والكل ينظر ناحيتهم. علت هتافات الترحيب بين الموطنين المبتسمين قابلتها الملكة بإيماءات ترحيب متبادلة وانتشر الترحيب بين الناس كموجة في البحر. كان هناك سرورًا ممزوجًا بالدفء صادرًا عن سكان أورشليم.

كم كان الناس يبدون طيبين. كان البعض يصفق والبعض الآخر يهتف لكن كان الجميع يبتسمون والقافلة تمضي عبر الطرقات. سحرتها الابتسامات التي احتضنتها وهي تمر بين الناس.

فجأة، على البُعد، سمعت هتاف الجموع. ورأت سحابة من التراب أماها. ثم انشقت السحابة الترابية عن عربة محاطة بما يشبه الحرس الشخصيون. ففكرت في نفسها أن هذا لابد هو الملك سليمان. لابد أن هذا هو الملك سليمان.

توقفت القافلة عن المسير. راحت تراقبه في صمت. مصحوبًا بحرس كثير، ظهر وجه شعره أسود قد لوحت الشمس بشرته. كان رجلاً طويل القامة وذا حضور آمر، يديه ورجليه مملوءة عضلاً يفيض حياة ومملوءًا بهجة وقوة. كانت عيناه السوداويتين تبدوان وكأنهما تخترقان أعماق نفسها. كان يرتدي سترة قصيرة أنيقة وقلائد ذهبية. توجه إليها بابتسامة ساحرة وقال بكل الوقار الملكي «مرحبًا بضيفتنا الكريمة، كل بركات إسرائيل هي لك. وخيرنا خيرك. تفضلي وتعالي شاركينا روعة أمتنا».

التقت عيونهما واستلهمت الملكة من أعماقها ما ترد به على كلماته بفصاحة «إنه بسعادة غامرة أقبل دعوتك أن أشارك في كنوز وانجازات مملكتك العظيمة. لتغتني سبأ بأسرها بكرمك».

أكمل سليمان قائلا: «سيرافقك بعضًا من خيار حرسي إلى سكنك المُعد قريبًا من القصر. وأثق بأنك ستجدبن الترتيبات التي أعددناها لك على أفضل ما تكون. خذي وقتك الكافي للراحة والانتعاش. هلا أعطيتني شرف أن أصحبك غدًا في جولة، تعقبها مأدبة في قصري في المساء؟»

أجابته: «بالطبع، إن ذلك سيكون من دواعي سروري».

لاحت على وجه سليمان إبستامة. للحظة بدا وكأنه يتأمل ويدرس وجهها. ثم أومأ وعاد إلى عربته.

كانت دقات قلبها تتسارع. أي إنطباع وأثر عميق قد ترك فيها. لم تكن تتوقع أن ترى ملكًا كهذا وسيمًا يتصرف بسلطان هائل ووقار شديد. يتكلم بحماس لا ينطفئ طوال الطريق إلى سكنها، لم تستطع أن تتوقف عن التفكير في جلال مكانته. استمرت القافلة في طريقها عبر طرق المدينة اليهودية. كان السلام يسود هذه المملكة الممتدة من البحر إلى البحر. كانت بعض أجزاء المدينة تبدو مزينة بشكل خاص ترحيبًا بمجيئهم. ألقى بعض السكان باقات الزهور في اتجاههم بلطف، وروائحها المختلفة الجميلة تعطر الأرجاء. كانت الملكة تستدفئ بحرارة اللقاء الدافئ البديع فراحت تستمتع بلحظات اقترابها من بيتها الغامض الجديد البعيد عن بيتها في سبأ. وأحست بنوع من الدوار والذهول.

توقفت أمام سكنها، وكان تحفة معمارية، حيث قابلهم خدم ودودون مكلفون بجعل انتقالهم إلى السكن سلساً وبدون أي شائبة. ساعدوا الملكة على النزول من هودجها المألوف وصاحبوها إلى السكن الفاخر، حيث كانت الفواكه في انتظارها والأشجار المثمرة والحرير والمفارش والملابس المميزة بحسب العادات الإسرائيلية. وقيل لها أن حاشيتها سيعطون لحم أبقار وثيران وغنم وماعز وغزلان وفراخ لطعامهم كل يوم. بالإضافة إلى الخمر والعسل والجراد المشوي وحلوى غنية. ربما كانت أجمل المفاجآت هي جوقة الغناء من الرجال والنساء لإمتاعهم أثناء إقامتهم في أورشليم. كانت منذهلة من الكرم الغامر والاستقبال الكريم.

نظرت من حجرة نومها، واستغرقت في تأمل الغرائب المستوردة التي رأتها من قرود وطواويس ملونة تنشر ريشها في أنحاء الأفنية بجوار نوافير الحدائق. ثم أدخلوها إلى حيث الحجرة الأخيرة التي ستكون حجرتها الخاصة، وقلعتها المنعزلة لتتأمل هناك في كل ما يعتمل في قلبها.

(٢٠)

بدأ فريق سبأ في المهمة الصعبة من إفراغ أمتعتهم والاستقرار في سكنهم الجديد. والآن وقد وصلوا، كان لابد من عقد لقاء مع تامرين، فدعته الملكة للعشاء معها ذلك المساء. أما الآن ففضلت تناول وجبة خفيفة والراحة في حجرتها لبقية فترة بعد الظهر. إن الراحة التي أحست بها بانتهاء سفرهم جعلتها تشعر بكم كانت مرهقة خلال الشهور الماضية.

أنهت ماريون إفراغ آخر صندوق متعلقات الملكة الخاصة بينما راحت وصيفة أخرى تصفف لها شعرها. سيكون العشاء الليلة غير رسمي.

قالت ماريون: «سيدتي، تبدين وكأن حملاً ثقيلاً عن إنزاح عن كتفيك» قالت هذا وقد احمر وجهها خجلاً، لا تدري إن كانت قد اختارت الوقت الصحيح للتكلم. ثم أردفت «أقصد أن أقول أنك تبدين منتعشة كأنك لم تنتهي لتوك من رحلة شاقة طويلة».

تعجبت الملكة من كيفية عدم ارتياحها بجوار ماريون. لكنها كانت بعيدة جدًا عن الديار، وليس بوسعها فعل شيء حيال ذلك دون إثارة ضجة كبيرة. لذا بدأت تتقبل الأمر الواقع وتتجاهل مشاعرها.

كانت الحياة في القافلة خالية من الرسميات أكثر كثيرًا من الحياة اليومية. في قصر مأرب. وفكرت الملكة أنه قد حان الوقت أن يتعودوا على أن يكونوا أكثر رسمية ثم اجابتها «شكرًا، أشعر بالراحة».

أعدت المائدة وأصبح تقديم العشاء وشيكًا. كان تيموثاوس متمركزًا خارج الغرفة. كان من الصعب ملاحظة أن قد تعرض لإصابة منذ أسابيع قليلة. كان قد عاد في كامل صحته لأداء دوره في حماية الملكة.

جلس تامرين إلى المائدة مقابل الملكة. وبدأ الحديث أثناء تقديم الطعام.

«تامرين، لابد لي أن أشكرك على إتمام مهمتك بنجاح في هذه الرحلة. لقد أديت مهامك ببراعة. لقد ازداد تقديري لك لأجل كل القوافل التي قمت بها لأجل سبأ عبر سنوات.

أجاب: «لقد باركتنا الآلهة بإيصالنا سالمين وبخسارة فرد واحد فقط. إن سروري يعادل سرورك».

ابتسمت واكملت «ما رأيك في الأساطير التي تحكي عن القوة التي حصل عليها سليمان من عبادته لإلهه الغامض؟»

أجاب تامرين واثقاً من آرائه التي اعتادت الملكة عليها «سيكون عليك أن تسأليه عن ذلك بنفسك. وربما كان من الأفضل لك للوصول إلى هدفك أن تفعلي ذلك بلباقة».

أكملت الملكة «تامرين، بما أنك قد سافرت مرارًا وتكرارًا، أحتاج أن أتعرف على رأيك في أفضل طريقة أبدأ بها حوارًا مع الملك

خلال مأدبة الغد».

أجابها قائلاً: «سيدتي، كما تعلمين فإن حكمة الشرق تتركز إلى حد كبير في الأمثال والألغاز. إنها رياضة المسئولين وفيها يتنافسون، تمامًا مثلما يحدث عندنا. فهم يجدون الأمر مسليًا، مثلما تجدينه أنت أيضًا. لذا أنصح أن تبدأي بأسئلة، لحديث خفيف مع الملك».

سألته الملكة «ألا يشعره ذلك بالإهانة؟»

«كلا، البتة، أنه سيجد ذلك ممتعًا». إن أسفار تامرين العديدة قد أفادته كثيرًا. إن لديه قدرة حدسية جيدة في معرفة ما يناسب ثقافة مضيفة».

سألته: «هلا ساعدتني في الاستعداد لذلك؟»

أجاب: «بالطبع».

تناقشا طويلاً عن أي الألغاز يضعونها أمام الملك، آملين أن يجعل ذلك يومه مشرقًا بنشاط مسلٍ كهذا.

قال تامرين «يقولون أن سليمان قد كتب آلاف الأمثال ومئات المزامير. وبحسب المخطوطات اليهودية، فإنه يتكلم فيها عن النباتات، مثل أشجار سرو لبنان وحتى الزوفا الذي يتسلق الحوائط، وكذا عن الحيوانات والزواحف والسمك. معروف عن الملك إنه يجمع حوله عجائب الطبيعة، مستنتجًا منها أسرار وجودها».

أجابت الملكة كأنها قد اندهشت مما سمعته «أحقًا! لقد توقعت أن تكون حكمته سياسية ولاهوتية في طبيعتها ولكن لم أتوقع أن يكون خبيرًا في التاريخ الطبيعي. كم هي ممتدة حكمته، كرمل البحر على

ما يبدو».

أكمل تامرين «لابد لي أن اعترف بانبهاري بكل قصة حديث صادفتها». ساد صمت قصير بينهما، حين أدركا أن العشاء قد انتهى. فجلسا صامتين وقد شبعا ليس فقط من الطعام بل وأيضًا من تناول الأفكار العميقة والمعلومات.

قالت الملكة وكأنها تتحدث إلى صديق «ألا تخلد للراحة الآن؟»

قال تامرين بحماس إزاء اقتراح الملكة «نعم يا سيدتي».

دخل كل منهما إلى مسكنه الخاص مرحبًا بقطرات ندى النوم الجميل. إن الغد سيكون محملاً بيوم كامل من الخبرات الجديدة.

(٢١)

سـاهم عويل الريح وأشعة الشمس في إيقاظ الملكة من سباتها. حتى قبل أن يصلها شاي الصباح، قامت وتوجهت إلى النافذة. كانت حجرتها، المرتفعة على تل، تتيح لها مشهدًا رائعًا يبدو بعيد المنال، للمدينة.

كانت أورشليم تنضح بالحياة. رأت الأسواق تستعد لفتح أبوابها، وشاهدت السكان من بعيد؛ سواء أكانوا مواطنين أو زوارًا، لم تعلم، لكنهم بدوا جميعًا واقعين تحت سحر المدينة الشهيرة. تخيلت في ذهنها نوع السلع المتداولة، خيول من الأناضول، أو نحاسًا من قبرص. تخيلت في الحوانيت قماشًا فاخرًا من مصر، وبلسمًا من سوريا. كانت هذه بضائع مطلوبة في سبأ والبلاد العربية.

على الرغم من أن الملك والملكة قد التقيا لوقت قصير إلا أن اليوم هو الاستقبال الرسمي في القصر. كان عليها أن ترتدي مرة اخرى أفضل ثيابها الملكية. ساعدتها وصيفاتها في كافة الأمور. وأخيرًا اكتملت جميع التفصيل. كانت اليوم ترتدي ألوانًا قرمزية ملكية، وأفخر تيجانها، لامعًا بفصوصه وأحجاره الكريمة، موضوعًا على رأسها.

حياها تيموثاوس خارج الحجرة. ودفع وجوده أفكاره للعودة نحو أبيجايل، التي تفتقد صداقتها بشدة. وكما تمنت، فإن صحبة زوج أبيجايل قد ساهمت في تخفيف وقع الفراق عليها. قادها عبر الطرقات إلى الهودج المنتظر خارجًا. وبدأت حاشيتها تنقلها إلى قصر الملك.

اقتربوا من مجمع قصر الملك المزين المنتصب أمامهم. كان مشيدًا على حافة تل يطل على أورشليم. قيل لهم أن القصر المبني على الطراز الفينيقي قد شُيد بخشب من غابات لبنان. كما كان على التل أيضًا الهيكل المستطيل الشكل الذي بُني ليهوه. كان هذا البناء الضخم قد شُيَدَ مع القصر بمساعدة مهندسين وعمال فينيقيين.

عندما وصلوا قادهم أحد الخدام عبر بهو الأعمدة إلى حجرة العرش إلى حيث ما يدعونه قاعة القضاء. هناك جلس سليمان، محاطاً بالكتبة والخدم والموظفين. وأدركت الملكة فجأة أنها وقد سافرت بهدف واحد أمامها، قد صارت الآن وفعليًا في حضرة ملك إسرائيل. كان محاطًا بكل فخامة مملكة عظيمة.

حياها بسحر ملكي، وفخامة، بمراسم عظيمة. تلاقت عيونهما وللحال أرادت أن تدلف إلى الأسئلة التي ملأت قلبها. بعد تبادل التحيات، عرض الملك أن يصطحبها شخصيًا في جولة في القصر وحدائقة. فوافقت بسرور على عرضه. هكذا عبر الملكان جسور بناء صداقة وتقوية الربط بين بلديهما.

ابتسم الملك وقدم لها ذراعه لتتأبطها خلال الجولة. وكان لطيفًا وهو يقول لها: «لقد مَلَكَتَ بلدك خيالي. لطالما سمعت عن جمال سبأ

وصفاتها التي تدعو للإعجاب. إنني استمتع بسماع كم أن بلدكم آمن يتمتع مواطنوه بالوفرة».

أجابت الملكة «لقد بوركنا. أيها الملك سليمان، إن مملكتك تظهر مقدارًا كبيرًا من العَز والرخاء لكن أكثر ما يدهشني حقًا هو روح شعبكم. ما هو سرهم؟»

كانوا يسيرون في ممر بجوار غدير جين أجابها «سرهم هو الحكمة، فسعيد هو الإنسان الذي يقتني الفهم. إن اقتناء الحكمة أفضل من الفضة والذهب».

فكرت الملكة في كم أن الملك ذو جلال ومضيف كريم، بينما استمرا في المسير. أعجبتها إجابته. كان كل ما فيه مخلصًا وحقيقيًا.

بدأت الملكة تُحس بالتعب من حرارة الشمس حين اقترح عليها سليمان قائلاً «لنتوقف قليلاً تحت ظل شجرة. كان أمامهم شجرة تين جميلة بجوار الغدير.

قال الملك «انظري، إن التين ناضج. لابد أن تجربي واحدة!». مضى يقطف الثمار بفرح طفولي. ثم عاد إلى الملكة وأعطاها أفضلها. ذاقتها وأغلقت عيناها تستمتع بالطعم القوي. قالت «كم هي لذيذة».

بدأ سليمان يقول «مبارك هو الرجل الذي يبتهج بالحكمة. إنه كهذه الشجرة المغروسة على مجاري المياه. إنه يعطي ثمره في حينه كشجرة التين هذه. إن ورقة لا تنتثر وكل ما يعمله ينجح فيه».

انتهت الملكة من الأكل. وقد شعرت بطعم الفاكهة الجميل يزداد

حلاوة بكلمات سليمان الوصفية. إنه كما تخيلته بالضبط. كانت لديه مهارة استخراج دروس حياتية مدهشة بطريقة يفهمها الجميع، من خلال أبسط أمور الطبيعة. كانت قد سمعت قولاً أن حكمة الإنسان تجعل وجهه يلمع. وهي ترى ذلك الآن متحققًا في وجه سليمان، وكم كان وسيمًا!

استمتعت الملكة في طريق عودتهما إلى القصر بالحدائق والكروم وبحيرات الماء. واستمر الحديث ينساب سهلاً بينها وبين سليمان.

كان قصر سليمان يعج بالفخامة والعجب. كان هناك مغنون بآلات موسيقية غريبة مصنوعة من العاج والذهب وخشب الصندل. سارا بين الستائر المصنوعة من الجوخ القرمزي ومتعا عيونهما بالعمارة التي تأخذ بالأنفاس. ورغم إن الملكة قد نشأت محاطة بثراء حياة القصور وقد تأصلت فيها، لكنها وقد شاهدت قصر سليمان المدهش قد شعرت بوجود فارق لا يمكن إغفاله. فإن لم تكن مخطئة، فإن ما لمسته من فرح وسلام يعمان المكان هنا، يتخطى الصورة المثالية التي قي ذهنها عن سبأ. ولم تدري كيف تتجاوب مع هذه الفكرة. ودت لو استطاعت أن تكون منفتحة وموضوعية، غير أنها أحست بولائها لوطنها وشعورها القومي يستوليان عليها.

كان الملك أبسط مما تخيلته. كلامه واضح صافٍ بشكل يدهش، يرسم كلمات بلمسة من التفاؤل. كان فكره مستقرًا بشكل يتضح من تعاملاته مع ضيوفه وحاشيته. كان رجلاً إداريًا مقتدرًا ومتمكنًا.

شعرت بالإرهاق من آثار الجولة، وقد أثر فيها قلة حركتها خلال شهور من الترحال. أملت أن ينعشها العشاء، وشعرت بالراحة إذ

رأت الطعام معدًا، فجلسا لوليمة ملكية. قُدمت الأطايب الملكية طبقًا بعد آخر. ورغم جلوسها إلى جوار الملك، فقد كانت سعيدة بمرح الموسيقين العازفين وبالنشاط الدائر حولها. لقد ساعدوها على هضم الطعام والأفكار في سلام وهدوء.

لم تتخيل قط وجود موسيقى بهذه العذوبة. فما الذي كان يميزها؟ أحست كأنها قد ثملت بالتأثير السحري للأنغام عليها. فلا يمكن لأي خاطر قلق أن يحيا وسط هذه الألحان المُسْكَرة. وكم شعرت بالراحة! كم كانت الموسيقى تبعث فيها الراحة! إندمجت بسهولة في هذا المحيط من السلام الذي يغمزها. استمرت السهرة وامتدت، حتى دعيت أخيرًا مع تامرين لجلسة أكثر خصوصية مع الملك.

شعرت أنه لابد أن تكون قد توترت الآن. هذه الفقرة كانت قد أعدت بمعرفة الحاشيتين. والآن سيتبادلان الأحجية. ولكن كيف لأحد أن يتوتر بعد الانغماس في هذا الجو المفعم بالسلام؟ على العكس من ذلك، شعرت إنها متحمسة بشدة للتسلية التالية.

كان تامرين قد عمل باجتهاد للإعداد للأحجية التي اختاراها معًا لبدء ليلة ممتعة من الرياضة الذهنية. أعدت الملكة عدة أسئلة للملك. أرادت أن تضع أمامه مسائل فلسفية وتمتحنه بمجموعة من خيار الألغاز. والآن ها هي على وشك الإبحار في هذه المياه الجديدة لتستكشفها. ووجدت قلبها تتسارع نبضاته من فرط التوقع.

قاطع أفكارها وصول الملك. ولم تدري إن كان وجهها قد احمر خجلاً وهي تقوم بدون مجهود بالتحيات غير الرسمية بينها وبينه. وغمرها الجو اللطيف الذي أحاط بهما وهما يتحدثان عن الأمسية

وكل مباهجها. طرح الملك عليها أسئلة عن بلدها. وبدون أن تدري انطلقت تحكي بإسهاب عن سبأ وعن كل ما تحبه فيها ورحب هو بالتفاصيل لحياة وثقافة مملكتها، وقد أسره حبها لمواطنيها الذين رفعوا شأن بلدهم. كانت سعيدة بفرصة مشاركة حياتها مع شخص يحسن الاستماع بهذا القدر من الانتباه.

أعجب سليمان بهذه المرأة وهو يستمع إلى وصفها عن الحياة في أمتها. إنه لم يسبق له أن سمع عن إمرأة هكذا شغوفة ومُحبة لشعبها الذي تحكمه. في الحقيقة أنه لم يصادف «ملكة» قط! لاحظ وهو يتأملها ويفكر في أمرها كم هي فريدة في نوعها، جريئة في ما تعرضه وعميقة بشكل نادر في أهدافها؛ كان مندهشًا بشكل جليّ.

بينما ضيفة سليمان الملكية مسترسلة في ما ترويه، اقترب الخادم منه وهمس شيئًا في إذنه. أومأ الملك، ثم ابتسم لضيوفه وشكر الملكة على ما قدمته عن تفاصيل الحياة في سبأ، وأن الوقت قد حان لبدء تسليات السهرة السابق ترتيبها.

نظر سليمان إلى الملكة وبعينين لامعتين رحب بأن تبدأ هي بطرح أولى الألغاز. كان معتادًا على المنافسة الحادة بين الرجال ذوي الإحساس القوي بذواتهم، وكان متسليًا بشكل سري وهو يخمن ما أعدته له هذه المرأة الجميلة في أول تحدٍ.

قام تامرين واصطحب خمسة أطفال يلبسون ملابس متطابقة. انحنوا ووقفوا بانتباه أمام الملك.

وإذ أرادت أن تختبر ذكاء الملك، قدمت له اللغز. «يقف الآن هؤلاء الأطفال أمامك، أتستطيع أن تخبرنا من منهم الصبيان ومن

البنات؟»

تكلم سليمان في أذن وصيفه وأمر بدون تردد أن تُحضر خمسة آنية من الماء، وضعت أمام الصغار.

بكل مرح وجه الملك كلامه للصغار قائلاً الآن، اغسلوا أيديكم أمامنا».

في الحال ميز الملك الصبيان والبنات كل على حده. قالت الملكة: «لقد كنت على حق تمامًا، والآن أخبرنا كيف ميزت بينهم».

رد بسرعة النسر، «عندما غسل الأطفال أيديهم، فإن البنات قد شمرن أكمامهن! هكذا ميزت الفرق».

قالت الملكة وهي تصفق بيديها في فرحة «رائع!» ثم انتقلت إلى باقي الأحجية. وكم ضحكًا معًا. وظل الأمر يبعث على السرور حتى حان دورها في الرد على ألغازه المختاره.

أعطى الملك مقدمة مختصرة قائلاً «لقد اخترت أن أعيد تمثيل لغزًا حقيقيًا لأمر كان عليَّ أن أحكم فيه». أشار لممثليه بالدخول واندهشت الملكة لرؤيتها سيدتين تدخلان وأمامها طفل رضيع. ولم تدري ما تتوقعه بعد ذلك.

بدأ سليمان يحكي القصة «كملك صغير أحضروا لي سيدتين أصبحتا أمينَّ من زيجاتهما. تكلمت الأولى فقالت أنهما تعيشان في البيت نفسه، وأن كل منهما قد وضعت طفلاً. وأن طفل المرأة الأخرى قد مات، وأنها قد أخذت منها طفلها ووضعت طفلها الميت في حضنها أثناء نومها. وادعت كلتا المرأتين أن الطفل الحي هو طفلها! واللغز

الذي أضعه أمامك هو كيف تعرفين أي المرأتين تقول الحقيقة».

كان عقل الملكة يدور بسرعة بينما حاولت الاحتفاظ بتماسكها وثباتها. لقد كان الموقف معقدًا فعلاً. وكان أول ما فكرت فيه بسرعة أن يتم استجواب العائلة والجيران بهذا الشأن. أمَّا وقد علمت أن أمرًا كهذا قد يستغرق أسابيع سألت الملك سؤالاً قد يسهل عليها الحل.

«أريد أن أسأل جلالتك، كم من الوقت استغرقته حتى وصلت إلى حلٍ؟»

أجاب: «لحظة صغيرة فقط».

أراح الملك ذراعه على مخدع كرسيه وقد وضع ذقنه على يده. كان يتحرك إلى الأمام بجسده وقد زاد فضوله متوقعًا إجابة الملكة.

شعرت الملكة بروح منافسة شديدة تولد في داخلها. إنه لن يتمكن منها قط. وإذ صُدمت من إجابته، بدأت تحلل الأمر. وإذ كانت تود أن تجيب سريعًا، بحثت في جميع البدائل. لابد أنه قد هدد المرأتين بشكل يجعلهما تنطقان بالحقيقة. لابد أن هذه هي الإجابة. لابد أنه قد قرر قتل الأم الكاذبة، وبذلك أخاف الكاذبة منهما. وهكذا، علمت أن عليها أن تقدم الجواب بشكل حكيم. وكانت ترفض أن تفشل أمام هذا الملك العظيم.

بدأت تقول «سيدي الملك، لابد أنه بهدف أن تعرف الحقيقة قد أصدرت حكمًا مذهلاً ومهددًا لأعماقهما حتى لم يكن لديهما بديل عن إعلان الحقيقة».

ظل قلبها ينبض بسرعة وقد جلست في صمت منتظرة رد الملك.

بعث تردد الملك بالصمت في الحجرة. انذهل من استنتاج الملكة السليم، وقرر أن يتماسك قبل أن يكمل. إن لهذه الملكة من سبأ عقلاً فذًا. إنه كان يعطي التقدير لمن يستحقه ولا يبخل به.

أجاب وقد اندهش من جوابها السليم. «ضيفتي النبيلة من سبأ، لقد وضعت يدك على استراتيجيتي. وقد أصبتَ الحقيقة كسهم لا يخطئ هدفه! بالفعل لقد أمرت أن يحضروا لي سيفًا وأن يتم قطع الطفل إلى نصفين!»

أكان ما سَمَعَتَهُ حقيقيًا. ارتدت إلى خلف من الصدمة والحيرة. أحقًا كان جوابها صحيحًا؟ أم كانت مخطئة؟ ماذا، هل أمر حقًا أن يُقطع الطفل إلى نصفين؟ لماذا، إن ذهنها لم يكن ليخطر عليه شيئًا كهذا قط. بينما هي تتحاور مع نفسها أكمل الملك قصته.

«كرد فعل لأمري، بدأت إحدى المرأتين تتوسل لأجل حياة الطفل، مستعدة أن تعطي الطفل للمرأة الأخرى لأجل انقاذ ابنها. وفي هذه اللحظة ظهرت الأم الحقيقية. ولم يكن لديَّ أدنى شك».

تقبلت الملكة منطقه. ألم يكن هذا نفس ما قالته أيضًا؟ ولمعت كلماتها في عقلها أراحتها تدريجيًا من مشاعرها المتدفقة. فعلاً كان هذا أمرًا اخترق قلب الأمومة مُظهرًا الحقيقة في لحظة. وأقرت بأن حكم الملك ما كان سيختلف عن أي مسار آخر قد تتخيله. ومهما كانت طريقة تعاملهما مع الأمر، فهو في النهاية قد صار نفس التصرف!

لقد حافظت على كرامتها. وقد أُعجب الملك بردها. لكن في نهاية الأمر فإن الملكة هي التي أعجبت بحكمته. لم تسمع قط عن عدالة يتم تطبيقها بطريقة كهذه تبعث على الإعجاب. إن حكمته فعلاً مختلفة

عن أي حكمة أخرى صادفتها, فهل من العجيب إذًا، أن سمعت أن كل إسرائيل منبهرة إعجابًا بالملك وبحكمة الله التي فيه لأجل إجراء العدل؟

(٢٢)

استيقظت الملكة مبكرًا وتأملت في أحداث الليلة السابقة. كانت لها علاقات مع رجال في سبأ؛ لكنهم مع ذلك كانوا معنيين بإدارة المملكة وبالتجارة. لم تكن تتذكر أنها استمتعت قط بأمسية مع أحد مثلما استمتعت ليلة أمس! كانت تتوقع أن يكون وقتها مع سليمان جادًا، تتأمل خلاله كل الأمور المرتبطة بالحياة، ولكنها لم تتوقع أن تكون أولى تعاملاتها معه تتسم بكل هذا المرح والرياضة. قد تجد نفسها بدأت تتعود على البهجة. أن تستمتع بوقتها في حضور رجل ما، كانت هذه فكرة جديدة.

تأملت للحظةٍ في ثقافة الشرق، التي يكون شائعًا فيها أن يكون للرجل زوجات عدة ومحظيات ويكون هذا الأمر مدعاة للتباهي! كانت النساء تشعرن بالحمد لو كان لهن زوجًا يعولهن. لكنها لا تستطيع تقبل هذه الفكرة. إنها لن تتزوج قط برجل لا تشعر معه بأن علاقتهما مبنية على الحب والألفة والاحترام المتبادل.

دون أن تدري الملكة، استيقظ سليمان مبكرًا في قصره. كانت أفكاره تدور حول هذه المرأة الجميلة الجذابة من سبأ. بدت له غامضة جدًا. كان لديها الكثير من الصفات التي يحبها. كان حبها لوطنها

وقلبها الباحث عن الحقيقة يفرزها عن باقي النساء. كان يحس بنقاوة دوافعها من المجيء إلى أورشليم. إنها قطعًا لم تأتِ إلى أورشليم لمجرد إشباع فضول أو إجراء معاملات تجارية أو بحثًا عن غَنى. بالقطع لم تكن لديها نية أن تصبح زوجته، لأن حبها الجم لسبأ كان واضحًا. على عكس الزوجات الأخريات اللائي يكتفين بالعيش في ظلال أزواجهن، كانت هذه الملكة مخلوقة مختلفة تمامًا.

كان منبهرًا بعقلها. لقد رأى جمال سيدات كثيرات، لكنه وحتى هذه اللحظة، لم يحس قط بجاذبية إمرأة تملك عقلاً باحثًا وذكيًا مثل عقلها. كانت هذه أرضًا جديدة بالنسبة له. إنه لم يعرف قط معنى صداقة إمرأة يستطيع أن يجد نفسه معها بسهولة كهذه. كانا من عدة وجوه متوافقين. أدرك في تلك اللحظة، كم كان تائهًا مع أفكاره. ثم ذكر نفسه إراديًا أنه لا يمكنه قط أن يجد علاقة مشبعة مع شخص يعبد آلهة مزيفة، لأنه كان يعلم من هي آلهة سبأ. وحاول أن يوقف أفكاره المسيطرة عليه من نحو الملكة. فبالنهاية ما هي إلا مجرد زائرة أتت لتتأكد من صحة ما سمعته عن مملكته.

وعلى الرغم من أن الملك نجح في إيقاف تأملاته حول الملكة، فإن هذا لم يمنع أنهما كانا على موعد للقاء مرة أخرى في ذلك اليوم. كان بكل إخلاص يود أن يريها ويشاركها في مملكته وكان يتساءل عن إمكانية أن يشاركها أيضًا في التعرف على إلهه، حين يحين الوقت. كان واثقًا من أنه من المستحيل عليها أن تتعرف عليه حقًا بدون أن تتواجه مع ذاك الذي بارك إسرائيل بكل الخيرات المحيطة بهما. كانت رغبة قلبه أن كل من يزورون أورشليم، بصرف النظر عن البلد الذي جاءوا منه، يعودون إلى ديارهم

مؤمنين بالإله الحقيقي الذي في السماء.

— ❦ —

(٢٣)

كانت سموات أورشليم غاية في الجمال، وسحر ضياء ولمعان النجوم ينير ظلمة الليل. إختفت السحابات بعيدًا عن الأنظار وقد اكتست بدرجات باهتة من الألوان الرقيقة. كانت كل حواس الملكة قد اغْتذت وشبعت لذة في ذلك اليوم. عيناها تمتعتا بمشاهدة أزهار نادرة وتذوقت حلمات الذوق في لسانها تراكيب أطعمة جديدة سائغة، تناولتها بسرور بالغ. كما أن الأمور الجذابة لتلك العاصمة الصاخبة قد أشبعت فيها حبها للمغامرة. والآن ستنهي يومها بمتعة أخرى مرتقبة، وهي تمضية وقت مع الملك.

كان فناء القصر يوفر جوًا أكثر استرخاءً، أبسط من الليلة السابقة حين سيطرت على المشهد فخامة الإحتفالات. هذا المساء، كان تامرين يمضي وقتًا مع بعض قادة سليمان. وبإمكانها هي والملك أن يتحادثا على انفراد. بالأمس، ربما لم تكن مستعدة قلبيًا لحديث منفرد مع الملك. لكن الليلة مختلفة. كانت مستعدة لذلك.

«يا ملك سليمان، قل لي، كيف أمكنك أن تصير الرجل المشهور بالحكمة التي يمتلكها؟» إنتظرت إجابته وقد أسرها سحره ودفئه.

«كما ترين يا ملكة سبأ، لم أكن دومًا ذاك الرجل. لو عرفتيني قبلما

صرت ملكًا وأنا بعد صغير، مجرد فتى، لا خبرة لي وتعوزني الحكمة، ولم أتعافى بعد من موت أبي، كنت مأخوذاً تمامًا».

رق وجهها لوقع كلامه الذي لمس شغاف قلبها.

سألته «أكان عمرك عشرون عامًا عندئذ؟»

لاحظ الملك اهتمامها وأجابها «بل أقل».

ثم أردف «كنت متألمًا لموت أبي، ولم يتفهم أحد مقدار الفراغ الذي كنت أحس به».

أجابت بلطف «إن ألمًا كهذا يكون غير محتملاً».

جلسا بلا حراك مع نسمات الليل الباردة.

نظر إليها الملك وسألها بفضول «ما الذي أحسه فيك ويجعلني أشعر أنك تفهمين كلامي حقًا؟»

أجابته والدموع تملأ عينيها «أعتقد أنني فعلاً كذلك. إن أمي قد ماتت عندما كنت صغيرة جدًا. ومات أبي وأنا في الخامسة عشرة من عمري، ونصبني ملكة مع آخر كلماته قبل أن يموت. أعتقد أن من لم يجتاز في مثل هذه الظروف يصعب عليه أن يفهمها. لم أشعر بوحدة مثل هذه قط ولا بأني غير مستعدة لما أنا مقبلة عليه».

بدا على الملك التأثر الواضح ومال إلى الأمام يكفكف دموعها. وفي الحال كانا قد ارتبطا معًا بشكل قوي.

«يا ضيفتي الملكية، أشكرك على ما شاركتيني به. إن الصحبة التي أحس بها معك هي غنية ومؤكدة».

«يا ملك إسرائيل، لقد توقعت أن تعطيني إجابات عميقة عن أسئلتي، وأنا واثقة أنك ستفعل. ومع ذلك، فقد باركتني بهبة حلوة لقلب عميق الفهم. قل إذًا، كيف صرت الملك المشهور الذي صرته كما أنت اليوم؟».

عندما كنت حاكمًا صغيرًا، كما وصفت لكَ، عملت الشيء الوحيد الذي أتقن عمله. أحببت الرب، وذهبت إلى جبعون لتقديم قرابين في المكان العظيم المرتفع. في تلك الليلة، ظهر لي الرب في حلم قائلاً: سلني ماذا أعطيك؟».

عندها ناديت إلهي. أخبرته بضعفي وإحساسي بعدم الكفاءة. طلبت منه أن يعطيني حكمة للتمييز بين الخير والشر. وقلبًا يقدر على القضاء والحكم بشكل جيد على شعبه العظيم.

«سُر الله بما طلبته منه ووعد أن يعطيني سؤل قلبي. تكلمنا قليلاً ثم استيقظت، مدركًا إنه كان حلم. تشجعت وآمنت بما قاله لي».

«كم هو عظيم من إلهك أن يعطيك حلمًا مشجعًا كهذا عندما كنت بحاجة ماسة للمساندة». هكذا قالت الملكة وهي تنظر بعيدًا وتبدو مضطربة. «لقد حلمت أنا أيضًا حلمًا في الليلة التي صرت فيها ملكة».

قال الملك «إن لدينا أمورًا مشتركة بالفعل».

أجابته «ليس تمامًا. فالحلم لم يكن كما تظن».

اندهش الملك من إجابتها، لكنه لم يحاول أن يفحص الأمر. لكنه قال «حسنًا يا سيدتي، أنتَ وحدك تعلمين كل الصعوبات التي تغلبتِي

عليها لتصبحي الحاكمة القوية الناجحة على شعبك. لقد قمتَ بعمل رائع!»

أذهلتها كلماته المؤيدة كأنها تمنحها الحياة.

قالت «إن تواضعك مُلفت للأنظار. لقد جئت إلى أورشليم لأتعرف على إنجازاتك فإذا بك تهنئني على إنجازاتي أنا!» ثم احمر وجهها خجلاً عندما أحست بمدى صدق ما قاله.

إبتسم سليمان ثم أكمل «هناك ذهب ولآلئ كثيرة. لكن شفتا المعرفة هما إناء ثمين. إنني أقول فقط الحقيقة عنكَ».

لم يسبق لها أن قابلت رجلاً يتكلم بمثل هذه الشاعرية. كلماته تنساب سلسة كنبع منعش.

تحت النجوم اللامعة، استمرت الملكة تطرح على الملك المزيد من الأسئلة المنتقاة كانت قد حددتها بعناية في خيمتها أثناء السفر الشاق. طرحتها واحدًا بعد الآخر باهتمام على مضيفها الكريم. وكلها كانت نابعة من قلبها الباحث، وكل سؤال يعبر عما كان في أعماقها.

كان الملك يُصغي باهتمام مظهرًا رغبة حقيقية في إرضائها. ودامت المناقشات الطويلة بينهما وهو يستوعب بسهولة معنى أسئلتها. ومع كل سؤال، كانت تأتي الإجابة بشكل يرضيها. ولم تكن هناك مسألة لم يستطع الملك أن يشرحها لها.

سرت شائعات بأن الملكة قد طرحت على سليمان أسئلة عسيرة. فقد ناقشا موضوعات مرتبطة بالموت والخلود، والسلام والحرب بشكل مؤكد، وعن معنى الحياة. ربما ناقشا كذلك أمورًا خاصة

بالسياسة والاقتصاد. كما سألته عن أمور فلكية لأنه كان بصدد عمل تقويم جديد. كانت الاحتمالات بلا نهاية. هما الاثنان وحدهما، من علم ما تكلما فيه من خلال حوارهما الخاص، هناك، تحت قبة السماء والنجوم.

استعدت الملكة للنوم، وهي لازالت تستمتع بالرضا عن إجابات أسئلتها التي نزلت عليها كندى الصبح المنعش. لدهشتها وجدت أن إجابات سليمان إنما تبعث فيها المزيد من الأسئلة. لم تتوقع منه أن يعطيها كل هذا الوقت للإجابة عن أسئلتها. إنها لم تعرف قط أحدًا لديه المقدرة على الإجابة على الأسئلة بشكل يرضي السائل بهذا الشكل الكامل كما كان الملك. إجاباته لم تكن مجرد إجابات، بل كانت تبعث في طياتها سلامًا أيضًا. غمرتها أسئلة جديدة كأنها قد أدمنت الصفات العلاجية والسلامية والبهجة التي تحويها إجاباته.

بمرور الأيام، فإن تفاعلها مع الملك كان يزداد متعة. كانت مرتاحة معه وتشعر بالأمان. أما الأسئلة التي كانت تطرحها الآن، فقد كانت أسئلة شخصية للغاية، ومع ذلك لم تشعر بعدم الراحة أو بأنه يحكم عليها من خلالها. ومرت الأسابيع وهي لا تشبع قط من سماع حكمته وثقتها في كلماته تزداد. وتعجبت الملكة جدًا من أنها مع كل مقابلة، كانت تنقل للملك كل ما كان في قلبها.

أحيانًا، كانت تتساءل عن معنى المشاعر الغامضة التي تحس بها وهي تستمع إلى حكمة الملك. كلماته كانت مغلفة بجوٍ يؤثر فيها بشكل غير عادي. كيف لها أن تصف شعورها؟ ربما كانت تحس كأن بلسمًا شافيًا قد انسكب عليها لطيفًا وشافيًا. أو ربما كانت إجاباته مطمئنة، تهمس لها أنها ستكون بأمان وبأن كل شيء سيصير على

ما يرام. حاولت أن تصف ما كانت تبعثه فيها كلماته من تأثير، لكن ذلك لم يكن سهلاً. كل ما علمته هو أنها تحس بشعور رائع وأن الحياة لن تعود عادية أبدًا كما كانت.

(٢٤)

كانت الملكة لازالت مندهشة من الصداقة العميقة التي جمعتها بالملك. لسنين عديدة، تساءلت إن كان أحد سيستطيع أن يكون قريبًا منها كقرب أبيجايل. وإن حدث وكان هذا الشخص رجلاً، فيكون ذلك أمرًا جديدًا.

كان يومًا جميلاً في أورشليم. وكان الملك سيصطحب الملكة إلى جبعون، خارج أورشليم. وقد وجد الرحلة ممتعة خصوصًا وهو يتأمل الجَمال.

حين رفعت الملكة ثوبها لتركب الهودج، لاحظ الملك قدمها النحيلة في الصندل المزين بالجواهر الذي كانت ترتديه. حين جلسا بدت على وجهه نظرة فضولية ولم يستطع أن يحبس كلماته فقال:

«لقد حكوا لي قبل وصولك عن قصة غامضة عن كيف أن قدمك قد تكونت على شكل حافر حيوان».

أجابت الملكة وقد رفعت حاجبيها تعجبًا «أوه، وهل أدركت الآن فقط خطأ هذه الرواية؟»

أجاب الملك «بالقطع لا، كان هذا أول أمر تأكدت منه. لم أكن أود أن أفتح قلبي لإمرأة جميلة لها حوافر حيوان وفراء!»

أجابت الملكة وهي تَّدعي الغضب «الإشاعات لا تدري أن عرشي الرخامي في سبأ مصنوع بأقدام تشبه حوافر الثور تكريمًا لإلهنا الرئيسي، إلماقه. وعندما يغطي ثوبي قدمي، فمن الممكن للناظرين أن يظنوا أن تلك الأقدام هي لي».

ابتسم الملك وحاول ألا يضحك وقال «حسنًا، الصيت الجيد أهم من الفضة والذهب، وأنت تتمتعين بهذا!»

بنظرة مرحة على وجهها سألته «هل تداعب ضيوفك المكرمين هكذا؟» ثم انفجرت في الضحك.

ثم توقفت، ورفعت قدمها، وأصابعها الرقيقة تظهر من بين زينة جواهر الصندل.

ثم أردفت «أليست هذه أجمل حوافر سبق لك رؤيتها؟» وراحا يضحكان حتى لم يعودا يستطيعان الضحك.

تذكرت الملكة وهما في طريقهما إلى جبعون أن هذا هو المكان حيث زاره الله في حلم.

«يا سليمان الملك، كيف حصلت على الحكمة التي طلبتها من الله في الحلم؟»

«مبكرًا جدًا، وجدت أن رأس الحكمة مخافة الله». لكن الملك سرعان ما لاحظ الإضطراب الذي بدا على الملكة عندما نطق بكلمة «خوف».

لم يكن بوسعها أن تزيح عن نفسها الذكريات التي كانت تغمرها عن خوف أمها من الآلهة والأهوال التي عانت منها هي شخصيًا. سألته بصراحة «ما الذي تقصده بخوف الله؟»

أجابها الملك وهو يحاول استيعاب سبب رد فعلها «إن الخوف النبيل من إلهنا ليس قهرًا. إنه عبادة وقورة وتكريم لإلهنا، لا يجب خلطة بخوف ضارٍ».

سألته «لمَ تخاف من إلهك خوفًا يجعلك تشعر بالعذاب أحيانًا؟» كرر خلفها «أخاف؟ كلا أنا لا أخشى من يكون إلهي. أيخاف أحد من الحب؟ إن إلهي هو الحب.»

دعيني أروي لك قصة. جاء وقت كان فيه بني إسرائيل يرتحلون في الصحراء لسنين عدة. وفي الطريق، نزل الله نفسه على جبل سيناء، وامتلأ الجبل سحابًا ودخانًا ونارًا وإرتجافًا. وقيل للناس ألا يمسوا الجبل لئلا يموتوا.

تخيلت الملكة ما سمعته. كانت تستطيع أن تشاهد اللهب والرعد بوضوح شديد في مخيلتها.

أكمل الملك «تستطيعين أن تتخيلي خوفهم حين طلب الله منهم أن يصعد إليه سبعون من الشيوخ على الجبل ليعبدونه. ومع ذلك فقد أطاعوا أوامر الله».

امتلأ عقل الملكة تخمينًا. هل كان يهوه يبين لهم قوته حتى لا ينسونه؟ كيف يظهر الله كلي القوة نفسه لهم؟ وشعرت بالغثيان وهي تتوقع باقي القصة.

في ذلك الوقت توقفت الجمال التي تحمل الهودج. كانوا قد وصلوا جبعون، وجهز الخدم لهم أجمل مائدة، وفُرش بُساط رائع أمامهما ووُضع عليه خبز غير مختمر، وأجبانًا دسمة، وفواكه وخمر. وتُركا ليتناولا الطعام بمفردهما. وفُتحت الستائر حتى يتمتعان بمشاهد الريف الجميلة المحيطة بهما.

قالت الملكة بأدب «المأدبة رائعة، وتذكرني بقداسة الضيافة التي تمثلها». تنفست الصعداء عندما غادرت أفكارها من رهبة الجبل المشتعل، إلى الطعام الذي يقتسمانه، بما تمثله هذه اللحظة بالنسبة لها، والسلام الذي تبعثه في نفسها. كان من الرائع أن تختبر السلام والراحة والطيبة والاستمتاع وغير ذلك الكثير، وسط حديثهما عن الخوف.

«يا ملكي، أظنني لن أستطيع تناول لقمة أخرى دون سماع باقي الحكاية».

رد الملك «إذن، لنُنهيها. على الرغم من أن الخوف قد تملك على الشيوخ إلا أنهم راحوا يصعدون إلى الجبل. هناك، رأوا إلههم وتحت قدميه حجارة من ياقوت أزرق. إن الله لم يخفِ نفسه عنهم ولا أذاهم. لكنهم أكلوا هناك وشربوا».

كررت الملكة خلفه «ماذا؟ هل أكلوا معًا؟» لم يكن بمقدورها أن تصدق ما سمعته. كانت الصورة تروي الكثير والكثير. فكل شرقي يفهم معنى ذلك. وملأها ذلك فرحًا. ولم يُزد الملك حرفًا. كانت مغمورة بالسلام من قصته الشائقة وإعجابها برب اليهود يزداد.

بدءا يأكلان معًا، والملك سليمان يصب لها الخمر. رفعت الملكة

قدمها بمكر وهزتها قليلاً، فانفجر الضحك من جديد.

ثم أدركت أن الملك قد لمح الندبة على مفصل قدمها. شعرت بالضعف وهي تطرح عليه السؤال الذي يدور في ذهنها.

«يا سليمان الملك، أينفر الرجل من إمرأة لو كانت لديها ندبة؟» بدا على محيا الملك نظرة استغراب شديد.

فسألها «ماذا تقصدين؟»

رفعت قدمها لتُظهر الندبة وقالت «حسنًا، سأريك، لقد عضني حيوان ابن آوي الذي كنت أربيه وأنا طفلة».

«يا ملكتي العزيزة، إن إمرأة بمثل جمالك لا يمكنها أن تخشى لوم أحد لها على ندبة صغيرة كهذه».

احمر وجهها خجلاً وذابت من الكلمات المطمئنة. ولم تصدق أنها قد سألته سؤالاً شخصيًا كهذا.

نظر إليها الملك بعطف وفكر في نفسه أنه لن يكون هناك قط أحد مثل ملكة سبأ.

(٢٥)

بدأت أورشليم تبدو للملكة كبيتها الثاني، البعيد عن الديار. وكل من جاء معها في هذه الرحلة، قد اختبر كذلك طريقة حياة مليئة بالسلام في هذه المدينة البعيدة عن سبأ. حكت لها ماريون بعض القصص التي سمعتها من أحد المغنيات في الهيكل. حكى لها كيف أن إسرائيل قد عرفت السلام مع جميع أعدائها تحت حكم سليمان. كما أن كل وعد أخذوه من إلههم قد تحقق فعلاً.

كم كان هذا مذهلاً فعلاً. أي ميراث عظيم، وأي قصة مدهشة تلك التي يحكيها الإسرائيليون! لا عجب إن كان سكان أورشليم قوم سعداء كما رأتهم. إليهم يرجع الفضل في معرفة العالم بهذا المكان. مثل شموع مضيئة كانوا ينيرون بشدة ليشهدوا عن الحياة المجيدة التي يحيونها.

تذكرت الملكة وهي ممددة على فراشها، حوارًا سابقًا مع كالب عن طباخ بسيط غير متعلم في مركب إسرائيلي. فكرت في سليمان عند تكريس الهيكل وصلاته لأجل الغرباء الذين سيأتون لزيارته، مدركة إنها واحدة من هؤلاء الغرباء. طلب سليمان في صلاته لإلهه أن يستمع لطلبات زواره ليعلموا أنه يوجد إله واحد في السماء.

وتساءلت لو كان يجب أن تطلب طلبة أيضًا لترى إن كان الله سيستجيبها بشكل تعرف من خلاله إن كان حقًا الإله الواحد الحقيقي أم لا.

في ذلك الصباح الجميل، استيقظت الملكة لتستقبل يومها الجديد، ومرة أخرى، كانت مدعوة لمأدبة عشاء في قصر الملك. لن تكون خلال تلك المأدبة ضيفة شرف، بل ستجلس بين عَلية القوم كجزء من الاحتفال. وكانت حرة خلال فترة المساء.

جلست إلى طاولة زينتها وأمرت ماريون بالمجيء. في الحال توقفت عن ترتيب الفراش وجاءت إليها فسألتها الملكة.

«هل تعلمين كيف تتصلين بمغنية الهيكل التي تحدثت معها؟»

«نعم، إنها تعيش قريبًا من هنا، لقد استمتعت بزيارتها ورحبت بأن أذهب للقائها في أي وقت احتاج فيه إلى رفقة صديقة إسرائيلية».

«رائع! اذهبي إذًا وأنظري إن كان بإمكانها أن تزورني بعد ظهر اليوم. من الممكن أن نتناول الطعام والشاي في الفناء».

أجابت ماريون وهي تشعر بالإحباط لاضطرارها إلى ترك مهامها لتحقيق رغبة جديدة للملكة «نعم، يا سيدتي سوف أعطيك ردها حين أعود من عندها».

استقبلت الملكة أشعة الشمس حين استقرت في كرسيها بالحديقة الأنيقة. كانت متحمسة لتمكن المغنية الشابة من المجيء لزيارتها بهذه السرعة.

دخلت بيلاه الفناء بصحبة ماريون. قدمتها ماريون إلى الملكة

فجلست وقد تمالكت نفسها وكلها فضول إلى الطرف المقابل للملكة على المائدة الصغيرة المملوءة بالحلوى والشاي. ملأ أطراف الحديقة حديث ودي والملكة تستقبل بيلاه كضيف شرف.

تناقشتا في أخر أخبار أورشليم حتى وجهت الملكة الحديث في اتجاه السبب الرئيسي الذي لأجله أرادت أن تلتقي بتلك الشابة.

بدأت الملكة كلامها قائلة «أعتقد أنكَ كنتَ موجودة عند تدشين الهيكل».

بدا الانتباه الشديد على وجه بيلاه. وامتلأ صوتها عاطفة وهي تجيب كإنما سُئلت عن موضوعها المفضل. «نعم، بالفعل، كنت هناك».

أكملت الملكة «سمعت بعض القصص عن التدشين، واليوم أود أن أسمع منك عن جزءك المفضل في الاحتفالات. أي جزء قد صار ملفتًا لنظرك أكثر من غيره؟»

أجابت بيلاه دون لحظة تردد وقد ازداد صوتها علوًا وهي تتكلم «حين ملأ مجد الرب وحضوره الهيكل». شعرت بالخجل لحماستها غير المتوقعة، وتساءلت إن كان لائقًا أن تنطق بأشياء كهذه في حضرة ملكة بلد آخر تعبد آلهة أخرى.

جاء جواب الملكة «أرجوكَ أن تستفيضي. وقولي لي ماذا جرى».

سُرت بيلاه بأن سُمح لها بأن تشارك تلك اللحظات التحولية في حياتها مع الملكة. «كان المغنون والموسيقيون مرتدون أجمل ملابسهم الكتانية. بالصنوج والقيثارات وقفوا في نهاية الطرف الشرقي من المذبح ومعهم ١٢٠ كاهنًا ينفخون في الأبواق. كنا كلنا

بنفس واحدة نرفع صوت تسبيحنا لإلهنا. وكنت مع باقي المغنين أرفع صوتي بمصاحبة الآلات. لم يكن في غنائنا إلا تسبيح للرب وصلاحه ومحبته التي تدوم إلى الأبد ثم»، وصمتت لحظة ثم أكملت «ثم امتلأ بيت الرب بالسحاب! وخر الكهنة راكعين أمام الرب لفرط قوة حضوره، لأن مجده قد ملأ الهيكل».

أخذت القصة بألباب الملكة فقالت «ماذا حدث بعد ذلك؟» لمع وجه بيلاه وهي تكمل لتشرح صلاح إلهها. «دعيني أرى كيف أصوغ ذلك في كلمات؟ حين ملأ السحاب الهيكل، بدأ الجو ثقيلاً وكثيفًا ونقيًا ومليئًا بإعلان حب غير محدود. وجدت نفسي غارقة في بحر من البهجة، كأني أتحمم في بحر محبة الله لي. إن شرب أطيب الخمر ليتوارى بالمقارنة بالفرح اللانهائي الذي عرفته روحي. لم يكن لديَّ شعور بذنب، لكني شعرت كأنما ثلج قد نزل عليَّ مع شعور بأني حرة كالريح. لقد فتح عيني لأرى صفاته الإلهية فظللت أستمتع بأعظم سعادة يمكن لإنسان أن يحس بها. في تلك اللحظات أمكنني أن أبصر أبعد من قدراتي البشرية وأن أعاين جودة الرب تمر أمام عيناي.

«أرجوك أن تعذريني، فما أنا إلا مجرد مغنية هيكل متواضعة، ولست موهوبة في الكلام كالحكايين». ثم إنسابت الدموع على وجنتيها. «أستطيع أن أشهد أن السماء في ذلك اليوم قد إنحدرت إلى أرضنا، وانهالت عليَّ سعادة وفيضًا من البركة. كان من المستحيل الوقوف في هذه الحالة، وقد رأيت إلهنا أوضح من أي وقت مضى. ووجدت نفسي منطرحة على الأرض. ثم أدركت أن لا أحد ظل واقفًا وعلمت أن حياتي لن تكون كما كانت في السابق. إنني فقط

أرغب في المزيد من إلهي».

عجزت الملكة عن الكلام، تائهة في أفكارها.

قالت الملكة بصوت خافت «أرغب في المزيد منه».

قالت بيلاه «عفوًا، لم أسمع ما قلتيه».

ترددت الملكة محرجة وغيرت كلماتها إلى «حسنًا، لقد قلت أني أريد المزيد من الشاي». ومسحت خفية دمعة انسابت على خدها.

تعجبت بيلاه من تغيير الملكة الفجائي للموضوع. لكنها كانت مستغربة كذلك أن دعيت إلى مشاركة ملكة في أعظم لحظات حياتها. إن مجرد الحديث عن ذلك اليوم جعلها تعيش مجددًا أعظم لحظات مرت عليها طوال عمرها.

لاحظت بيلاه أنهما قد جلستا صامتتين. ولم تكن تمانع في ذلك. إن حلاوة الجو الذي أحاطهما كان يقول كل شيء. ولم تدري كم من الوقت قد مضى حين ودعتا بعضهما البعض. لكنها في تلك الليلة حين فكرت في وقتها معًا، رفعت صلاة بسيطة لأجل الملكة آملة أن تتعرف هي الأخرى على حضور ليهوه شبيه بما اختبرته هي عند تدشين الهيكل. لكنها ما كانت تدري أن الملكة قد طلبت نفس الطلبة وهي وحيدة في سكون الحديقة.

(٢٦)

جلست الملكة إلى مائدة العشاء، سعيدة بأنها ليست ضيفة الشرف ذلك المساء. فضلت ألا تكون بؤرة الاهتمام، وجلست بين اثنين من المسئولين واكتفت بحديث خفيف. لم يلاحظا استغراقها في التفكير وهي تتأمل النشاط الحادث في الحجرة. لقد اجتمعت مرارًا كثيرة في هذا القصر الجميل وكانت تستمتع بكل فرصة تتاح لها. كان هناك حتمًا روح فخامة في كل ما صنع سليمان في مملكته. القصر نفسه كان مذهلاً في عظمته. وطريقة تقديم الأطباق والأطايب تفوق الوصف.

في تلك الليلة، لاحظت على نحو خاص الإسرائيليين المشاركين في تلك المناسبة. راحت تدرس طريقة جلوس مسئولو الملك سليمان، وطريقة وقوف خَدمَه بكل انتباه، وملابسهم، ثم سقاة الملك. كانت هناك روعة مزدهرة داخل هذه المدينة المسورة. أيكون نفس الحضور الذي وصفته بيلاه هو الذي أثمر عن هذه الروح المدهشة البادية حتى على الخدم والسقاة؟ تأملت وجوههم. كان إنطباع الفرح عليها حقيقيًا. نعم، لقد كانت تبدو عليهم السعادة بصرف النظر عن وظائفهم. في عالمها كانت تعرف الكثيرين من النبلاء الذين لا شيء

داخلهم. أي مفارقة لاحظتها بين المملكتين.

دعا سليمان الملكة لتنضم إليه مرة أخرى بعد العشاء. ولأنها كانت تستمتع دومًا بتبادل الأفكار معه، تمنت ألا يُعطل عبوسها في تلك الليلة التبادل القلبي للأفكار بينهما. ما أن رحل آخر ضيف، حتى جاء إليها ومد إليها ذراعه.

قال وعيناه تلمعان «تعالي معي. في ذهني مفاجأة لك. إن ليل أورشليم جميل. أتقبلين دعوتي بالذهاب لنمشي معاً؟»

كانت هذه فكرة جديدة، غير أن عليها أن تعترف أن السير مع الملك أمر ساحر. ولكن كيف يمكن تنفيذ ذلك عمليًا؟

قبل أن تجيب، كان الملك قد توقع أفكارها مسبقًا. «لا تشغلي بالك لقد أعطيت أوامري قبلاً لتيموثاوس وحارسي الخاص بأن يحملا مصابيح على مسافة كافية تتيح لنا أن نتكلم بحرية وبحيث تكفي لإنارة دربنا».

لاحظت أن الملك قد اهتم بالتفكير في تفاصيل ذلك فسألته «وإلى أين نذهب؟»

«أردت أن آخذك إلى مدخل الهيكل في ليلة كهذه. هناك على جبل المُريا تستطيعين أن تشاهدي أجمل منظر لأورشليم. إنها أعلى نقطة في مدينتنا».

تعجبت من دعوته لها بالذهاب إلى هناك في هذه الليلة بالذات دونًا عن غيرها. وكان حاضرًا في ذهنها ما روته لها بيلاه عن تكريس الهيكل، وتأثير كلامها عليها حتى تلك اللحظة.

١٥٣

عندما لاحظت أن الملك لم يكن قد ترك يدها بعد، أدركت كم أصبحا قريبين من بعضهما البعض. قادها خارج القصر، فأخذت نفسًا عميقًا من هواء الليل النقي.

قال الملك «أو ليس هذا هو الجمال النادر بعينه؟» كان متحمسًا لأن يريها كل الأشياء الساحرة في بلده المحبوب.

عندما اعتادت عيونهما على الظلام، بدأت النجوم تظهر من مكامنها ويبدو أن السماء قد تدربت على ذلك الأداء المُسَر لأجلهما بشكل خاص.

بدأت الملكة الكلام قائلة «قل لي إذن، كم من الوقت قد استغرقت لإنهاء هذا البناء المقدس؟»

«لقد عمل البناؤون والعمال سبع سنوات لإتقان هذا البناء. بدأت العمل بعد أربع سنوات من تنصيبي ملكًا. إن تحقيق هذا الحلم قد أخذته عن أبي داود، واعتبرته أهم شيء أعمله. كان يريد أن يشيد الهيكل بنفسه. فهو الذي أخذ من الله تفاصيل البناء. وكانت رغبته في أن يراه مسكنًا لحضور الله قويًا إلى حد أن أعطى من كنزه الخاص ذهبًا وفضة وحديدًا وخشبًا ورخامًا وأحجارًا ثمينة رخامية بوفرة».

علقت الملكة بقولها «لابد أنه كان رجلاً قويًا بشكل مذهل».

«كان رجلاً محسنًا جدًا لم أرى شخصًا مثله في محبته لله. وقد علمني طرق يهوه، موصيًا إياي في نهاية أيامه بأن أحب الرب وأن أطلبه أولاً. قال لي إنك إن طلبت يهوه تجده، وإن أهملته، طرحني جانبًا».

لم تتخيل الملكة كيف يمكن أن يتخلى سليمان عن إلهه. وأحزنها مجرد التفكير في أمرٍ كهذا. إن المملكة المثالية لابد أنها ستبقى إلى الأبد.

قالت «أي قَدَرٍ قد ورثت!»

أخذهم الكلام إلى أن وصلا إلى الجدران السميكة المحيطة بالهيكل. كانا في المقدمة بمسافة بسيطة يفتحان البوابات. لم تقترب الملكة قط إلى هذه المسافة من الهيكل. وبما أن بلدها لا تؤمن بيهوه، فقد حافظت على مسافة تعبر عن الاحترام من هذا القصر المشيد ليهوه إله اليهود وليس لمجد الإنسان.

أكمل سليمان «كما تعلمين، لقد كنت صغيرًا جدًا عندما أصبحت ملكًا، وكنت احس بنفسي طفلاً. قال لي أبي أن أكون قويًا وشجاعًا وألا أخاف أو اضطرب لأن الله معي ولن يتخلى عني في هذا العمل. أظن أن أبي علم مقدار حاجتي إلى سماع تلك الكلمات».

«أكملتُ بناء الهيكل، ونظمتُ العبادة فيه على حسب ما رتبه داود أبي، لذلك ونحن نقترب ستسمعين موسيقى وغناء. إن يهوه يُعبد ليلاً ونهارًا».

ازدادت ضربات قلب الملكة مع كل خطوة تخطوها نحو الهيكل. وصلت أخيرًا إلى أعتاب الهيكل ولمحت أكثر المشاهد روعة في حياتها. كانت الشموع تزين المدينة كلها وهي تلمع في ظلام الليل.

حمل سليمان مصباحه الخاص ليشارك الملكة في مشهده المفضل لأورشليم. وعلى الرغم من الجمال الذي لا يوصف المحيط بها، فقد التفتت عيناها إلى الملك صاعدًا إلى بيت الرب. كأن الزمن قد توقف

وأصبحت تنظر داخل أعماق روحه. ما رأته كان رجلاً شديد الحب لإلهه. فحتى في ظلمة الليل، كان لمعانًا سماويًا باقيًا عليه. وحب الملك يشع على وجهه وملامحه. تسارعت دقات قلبها. إن الدليل على حبه لله البادي على وجهه كان يأخذ بأعمق كيانها.

ثم حدث ما كانت تتمناه. لقد شعرت بحضور يهوه. لم تكن الكلمات قادرة على وصف جماله. رأته من خلال عيون قلبها، لأول مرة، وقد أزاح عدم قدرتها على اختبار محيطات حبه لها. كان قويًا، لكن لطيفًا في الوقت نفسه. عندما نظر إليها، غرقت في طوفان من الفرح الخالص. شعرت بأن كل ما حواليها قد تحول إلى جنة من البهجة. سرت في كيانها كله نبضات من حياة إلهية. كانت تريد أن تظل في تواصل مع الله بلا نهاية. تشبعت روحها بسلام متوالٍ، وسرور ورضى مباركين ولم ترغب في مغادرة هذا المحيط المفعم بالكنوز السماوية. انبهرت بكل ذلك الإعلان المميز وغمرتها تمامًا حتى كادت أنفاسها تتوقف.

الشيء التالي الذي عرفته هو أن وجدت نفسها تستند على صدر تيموثاوس والملك بجوارها. وقد وضع يده على يديها. ففتحت عيناها ببطء.

سألها الملك في فزع وهو يضغط على يديها «كيف حالك؟»

ارتسمت على محياها ابتسامة فرح غامر ولوقت طويل لم تقل شيئًا. ثم قالت للملك «إن كل القصص التي سمعتها عن أعمالك وأقوالك وحكمتك كانت حقيقية».

حضنها الملك وقد ارتاح إذ أدرك أن ردًا كهذا يعني أنها بخير.

أكملت «لم أصدق ما سمعته حتى أتيت بنفسي ورأيت كل شيء بعينيَّ. فهوذا النصف لم أُخبر به. لقد ازددت حكمة وشهرة تتعدى كل ما سمعته عنك».

ثم أدركت أن الأصوات المتصاعدة من خلف أبواب الهيكل للمرنمين كانت صدى للحقيقة التي تنسكب من قلبها.

كانت الأنغام الملائكية تردد ذات الكلمات مرات ومرات قائلة «إحمدوا الرب لأنه صالح لأن إلى الأبد رحمته».

ثم أكملت «طوباكم أيها الرجال! طوباكم أيها الخدام الواقفين باستمرار أمام الملك مستمعين إلى حكمته».

أُخذ تيموثاوس بتلك اللحظة التي تختبرها الملكة. وبينما هو يراقب تحولاً يحدث أمام عينيه، حدث شيء آخر أكثر إدهاشًا.

انطلقت الملكة تسبح إله اليهود. بدأت تبارك يهوه. وأحاطها جو من العبادة الحقيقية. وراحت تسبحه قائلة «مبارك الرب إلهك. لأن الرب أحب إسرائيل إلى الأبد، جعلك ملكًا لتجري العدل والبر. كم أنا سعيدة أني قد جئت لاختبر ما سمعته عن شخص يهوه والملك الذي سُر أن يضعه على عرش إسرائيل. إن قصصًا مدهشة قد انتشرت في الأرض كلها عن هذه المملكة. لكن لم يُقال إلا نصف الحقيقة فقط».

في تلك الليلة، تحت سموات أورشليم، كان جمع البشر الواقفين على أعتاب الهيكل يبدو ضئيلاً. لكن على عكس مظهرهم المتواضع، كانوا يعيشون أعظم اللحظات. كانت هذه الملكة الجميلة قد آمنت بإله اليهود. وتخلت عن كل الآلهة الأخرى وقد

وضعت في قلبها أن تحبه إلى الأبد.

ـــــــ ❧ ـــــــ

(٢٧)

أما باقي السهرة، فقد مرت بلا ملامح. إنها بالكاد تذكرت الملكة تيموثاوس وماريون وهما يساعدانها في الاستعداد للنوم. نامت الليلة بطولها مستمتعة بحلاوة تلك المقابلة الدرامية. وظلت في نومها تجتر الإعلانات الإلهية التي استقرت على روحها.

عندما استيقظت في صباح اليوم التالي، كان فيضان من الرضا والسرور يغمر كيانها كله. وتذكرت صلاتها الهامسة وشوقها لاختبار الإله الذي أعلن ذاته لبيلاه ولكل من كانوا حاضرين تدشين الهيكل.

لقد أجابها يهوه في تلك اللحظة التي توقفت فيها أنفاسها، وهي ممددة على أعتاب الهيكل فاختبرت خلالها أغنى حب عرفته على الإطلاق. إنها بلا شك قد اختبرت أنقى سعادة عندما تقابلت مع حب يهوه لها. إن إعلان جماله قد جعلها في غاية الشوق لأن تحبه بدورها أيضًا بكل قوة. كانت تجد بهجة لا تنتهي وهي تعاين جمال صفاته المذهلة.

أدركت أن هذا هو الإله التي تمنت أن يكون موجودًا في حياتها، غير أنه كان أروع من كل تصوراتها عنه. إنها بالتأكيد قد وجدت الكنز

١٥٩

الذي يهفو إليه قلبها، والذي نقلها من ظلم الآلهة المزيفة إلى بهجة عبادته، هو الإله الحقيقي. كانت عواطف السماء تنسكب عليها.

كيف تستطيع أن تصف ما قد حدث؟ أدركت أنها قد اُختطفت للقاء من الحميمية مع الله الحي. نعم، هذه هي حقيقة الأمر. إن كلمة الحميمية هي الوصف الدقيق. إنها لم تعرف قط بركات أن تكون محبوبة بعمق وبشكل كامل من شخص لا توصف عظمته. لم يكن بوسعها وصف حبه المجيد بكلمات. كانت تريد أن تبادله حبًا بحبٍ. وشعرت باتضاعها. وكانت عاجزة عن إيجاد التعبيرات المناسبة.

تذكرت مزمورًا قرأه لها الملك سليمان. كان قد كتبه أبوه الملك داود، يتكلم فيه عن الشيء الوحيد الذي يطلبه من الرب. عندما سمعته تذكرت كيف تخيلت ما الذي كانت لتطلبه من الرب لو كان مسموحًا لها بطلب شيء واحد فقط. لقد طلب الملك داود أن يسكن في حضرة الرب كل أيام حياته لينظر إلى الأبد جمال الرب.

لأول مرة، أدركت في هذه اللحظة، معنى طلبة داود. لذلك يدعونه الناظر إلى الله! لم تتخيل مدى قوة اختبار ما تكلم داود عنه. واشتاقت إلى المزيد والمزيد من جمال يهوه الممتع. تمنت لو عاشت في موضع الإعلانات المستمرة لجاذبيته الحلوة. إن جوعها لمعرفة يهوه أكثر وأكثر كان يشعله تعرضها لجماله الأخاذ.

لقد جاءت الملكة إلى أورشليم باحثة، لكنها تشعر الآن بنداء مصيري يستولى على قلبها. لقد اشتاقت وشغفت بتغيير مسار أمتها. لا يمكن أن يستمر شعبها تحت ظلم عبادة أوهام آلهة كاذبة. لابد أن تقدم يهوه لشعب سبأ. حتى يصبحون أغنياء داخليًا كما كانوا خارجيًا. الآن وقد

عرفت الإله الحقيقي، لابد لشعبها أن يعرفه أيضًا. إنها ستعود إليهم حاملة أنقى الكنوز على الإطلاق.

وهي ممددة على الفراش، اشتاقت إلى أبيجايل. إن صديقتها المحبوبة كانت دومًا الشخص الرئيسي الذي تأتمنه على أمورها الشخصية. كانت تريد أن تشاركها في كل ما حدث منذ غادرت سبأ. ثم تذكرت كيف استفاقت على أعتاب الهيكل مستندة على صدر تيموثاوس. وكان الجواب هو قطعًا هذا؛لابد لها أن تتكلم معه لأنه شهد الأمور غير العادية التي حدثت في الليلة السابقة.

نادت على ماريون، ثم بدأت تستعد على عجل لليوم الجديد.

«ماريون، أود أن أتناول شاي الصباح مع تيموثاوس».

أجابت تلك «نعم يا سيدتي».

«ماريون، جهزي مكانًا خاصًا في الفناء».

إنحنت ماريون وغادرت لتجهيز ما طُلب منها، تاركة الملكة مع باقي الوصيفات.

بعد أن أكملت الملكة استعداداتها لليوم، وصل تيموثاوس وأُجلس إلى الطاولة. قُدَم لهما خبزًا طازجًا ومربى وشايًا وهما يستمتعان بأزهار مقطوفة حديثًا في إناء ذهبي أمامهما.

لم يأكل تيموثاوس منفردًا مع الملكة قط قبل ذلك. كان يشعر بقليل من عدم الارتياح بعد أحداث الليلة السابقة.

قالت له الملكة «أهلاً تيموثاوس».

قال «أشكرك. أرجو أن تكوني أفضل هذا الصباح».

أجابته وهي تشع كأنها تحمل سرًّا دفينًا «لم أكن قط أفضل مما أنا عليه الآن».

«تيموثاوس، لقد استيقظت هذا الصباح وقد أوحشتني أبيجايل بشدة. ولقد كنت دائمًا أأتمنها على أدق أسراري. وبما أنها غائبة عنا، فيبدو لي من الصواب أن أناقش معك الاستنتاجات التي توصلت إليها حول إله اليهود. فلا أسوار بيننا. إن ما تسمعه مني تستطيع ويتحتم عليك أن تشارك أبيجايل فيه عند عودتنا».

أجاب تيموثاوس «إن ذلك من دواعي سروري».

«أنا أعرف أنك قد شهدت الأحداث الدرامية التي حدثت عند الهيكل ليلة أمس. أود أن أخبرك عن رحلتي حتى هذه اللحظة».

«بالطبع يا سيدتي».

«كما تعلم يا تيموثاوس فمنذ أقل قليلاً من سنة، لم أكن أعلم شيئًا عن إله اليهود. عندما بدأت أسمع قصصًا عنه، تحرك فيَّ شوق لأن أعرف المزيد. كنت ظمأى للفهم إلى حد جعلني بمرور الوقت مستعدة أن اخاطر بوقتي وراحتي وحتى سمعتي للبدء في سعيي الذي قادني إلى أورشليم.

«لقدَ أتيت إلى سليمان باحثة من خلال احتياج عميق. فعلى الرغم من كوني من الخارج ملكة غنية، إلا أنني كنت أشعر في داخلي بالفراغ. لقد سألته أسئلة صعبة ومحيرة. وقد أجابني سليمان عنها جميعًا مسددًا جميع احتياجاتي. بمرور الوقت انتهت أسئلتي وأصبحت

مستمعة مكرسة أيضًا. وصارت كلمات الحكمة مثل الشهد بالنسبة لي.

«بدأت أميز أشياء لم أكن أراها قبل ذلك. حتى مجرد ملاحظة الخدم والسقاة في القصر، جعلني أميز ملء الفرح المحيط بهم. وازدادت رؤاي كثافة حتى شهدت أنت ما حدث على أعتاب الهيكل. كأنني لم أعش قط إلا عندما عبدت يهوه للمرة الأولى.

«تيموثاوس، إن يهوه هو الإله الحقيقي، وليس هناك آلهة أخرى معه».

«لابد لك أن تتعرف عليه أنت أيضًا يا تيموثاس، كلنا يجب علينا أن نعرفه. إن كل عائلتنا المسافرة معنا يجب أن تعرف عجائب حبه السخي. إن قلوبنا في الحقيقة قد خُلقت ليملأها هو وحده».

جلس أشجع رجال الملكة أمامها وقد امتلأت عيونه دمعًا. كانت نظراته الوادعة تقول الكثير عن انفتاح قلبه، ونعم، وقبوله هذا الإله الذي خلب ألباب الملكة وحارسها الخاص.

سمعت الملكة هتافات تعلو في تلك اللحظات. وعلمت أنه لابد أن هناك استجابة عفوية لبعض الأخبار الطيبة.

بعد لحظات، سمعت إحداهن تقترب وتقول لها «من فضلك، تعال».

دخلت ماريون وقالت «مولاتي، لقد وصل رسول بأخبار من أبيجايل».

قالت وقد لاحظت أن تيموثاوس قد قفز واقفًا «أخبريه أن يأتي

سريعًا».

وصل الرسول وقد تقطعت أنفاسه. وناول تيموثاوس الرسالة المختومة.

كان تيموثاوس لا يكاد يسيطر على نفسه وهو ينزع غلاف الرسالة وتأهب الجميع لسماع ما بها.

«لقد صارت لي ابنة. وهي تشبه أمها!»

صفقت الملكة من شدة الفرح وقالت «دعني أكون أول من يهنئك يا تيموثاوس». نسيت نفسها وانتصبت واقفة ومدت له يدها وكل ما يدور ببالها هي أبيجايل والهدية المناسبة لهذه الأخبار لتيموثاوس. كان الضحك شديدًا في الخلفية. والملكة ثملة من شدة الفرح. إن أمورًا كثيرة جيدة قد حدثت. واستمرت الأخبار السارة تتدفق.

بينما استمرت الاحتفالات، في مكان غير بعيد في قصره، جلس الملك سليمان يتناول طعامه بمفرده. لم يستطع التوقف عن التفكير في المشهد الذي جرى على أعتاب الهيكل. إن هذه الملكة قد أَسَرَتَه. لقد كان يرى فيها صديقة حقيقية من عدة وجوه، وكلاهما يتشارك مع الآخر في نفس الخبرات الحياتية. والفارق الوحيد الرئيسي المختلف بينهما كان قد أزيل.

هل صحيح حقًا أنها قد تخلت عن آلهتها إلى الأبد وأصبحت تؤمن بيهوه؟ إنه لم يشاهد قط معجزة أعظم من هذه التي شاهدها أمام أبواب الهيكل، وأصوات العبادة السماوية يتردد صداها من الهيكل. يا له من مشهد!

انتشرت الشائعات في أورشليم. وملأ الفضول الكل في أن يعرفوا أكثر عن علاقته بملكة سبأ. لقد أمضى وقتًا طويلاً معها منذ وصولها. وقد شوهدا يتمشيان معًا ويتكلمان في أورشليم كلها. هل كان يود أن يأخذها له زوجة، هكذا كانوا يتساءلون. هل وقعا في الحب؟ كانت تخمينات كتلك تدور في المدينة كلها.

(٢٨)

كان لدى الملكة مهمة تقوم بها، ورتبت وقتًا تلتقي فيه مع كل من سافروا معها إلى أورشليم. كان لديها آمالاً كبيرة في أن يكونوا أفضل من يشهد لسبأ عن معرفة يهوه. لكنها لم تكن متأكدة من طريقة استقبالهم لأخبار تحولها. وربما كانوا مهيئين لسماع قصتها، لأنهم هم أيضًا قد شاهدوا ما يحدث حولهم في المدينة. وكانوا يراقبون ردود أفعالها منتظرين أن يتلقوا توجيهاتها. ربما تحول بعضهم فعلاً وخافوا أن يعلنوا ذلك.

وجدتهم الملكة راغبين في سماع قصتها. وبدوا منفتحين تمامًا لإله اليهود. لأنهم منذ وصولهم رأوا وسمعوا واختبروا الكثير مما جعل قلوبهم مهيئة لأجل هذه اللحظة. وإذ صدقوا إعلانها عن يهوه، فقد امتلأوا حماسة أن يكونوا شهودًا للأخبار الطيبة، كلهم عدا ماريون. لم تستطع الملكة أن تفهم وصيفتها، مهما صنعت. لم تكن ماريون راغبة في أن تسمع المزيد عن إله اليهود. لكن ما يهم الآن هو أن أمة كانت على وشك أن تتحول تحولاً كاملاً. والطريق الذين كانوا يسافرون عليه سيتغير إلى الأبد. رتبت الملكة لقاءً مع الملك. وكان يتساءل عما كانت تنوي قوله. كانت هذه أول مرة يلتقيان فيها منذ

الليلة الرائعة التي أمضياها عند الهيكل. سلما على بعضهما بحرارة وما إن جلسا حتى بدأت الملكة الكلام بلطف.

«يبدو أن إلهنا قد قلب حياتي رأسًا على عقب، بأفضل الطرق، وأنا الآن مشغولة فعلاً بمشاركة نفس الإعلانات المجيدة مع حاشيتي».

أُعجِبَ سليمان بمنهجها المباشر. إن هذه المرأة العاطفية جدًا كانت أيضًا قائدة حازمة. لديها قلبًا رقيقًا بإمكانه تلقي الإعلانات العميقة وكذلك عقلاً لامعًا.

أكملت الملكة بثقة «أليست هناك مخطوطات مليئة بكتابات مقدسة موحى بها عن يهوه؟» لم تتوقف لتسمع إجابته. «أنا أعلم أن أباك داود قد كتب عدة مزامير وأنك أنت أيضًا قد كتبت عدة قصائد مليئة بحكمة عظيمة.

«هل تستطيع أن توفر لنا بعض النسخ من هذه الكتب؟ إننا سندرسها هنا ثم نأخذها معنا إلى سبأ. لابد لبلدي أن يعرف الحق عن يهوه. ويمكننا أن نستقبل كذلك معلمين إسرائيليين ليعلمونا عن طرقه».

بالكاد استطاع سليمان أن يصدق ما سمعه. وانتهت كل شكوكه حول جدوى كل ما اجتازت فيه الملكة من خبرة. لقد أصبحت الآن إمرأة في مهمة. وقد استطاعت أن تنفذ إلى قلب الموضوع مباشرة.

فأجابها «مهما طلبتَ مني، أفعله. من اليوم فصاعدًا، طالما بقى أهل سبأ في أورشليم، سأرسل لهم أحكم معلميَّ ليعلموهم طرق الرب. إن بنيامين أفضلهم، سيبدأ في الالتقاء بحاشيتك فورًا».

الآن وقد اطمأنت أن طلبها قد أجيب، أخذ الملكان يستمتعان بزيارة

مريحة. لم يتوقف المِلك قط عن التعجب من الموضوعات اللانهائية التي سألته الملكة عنها. لكنه بشكل ما، لم يكن يمل منها قط.

❧❦❧

(٢٩)

لم تستطع الملكة أن تروي عطشها للقراءة من المخطوطات المقدسة. كانت في كل صباح تجتمع مع حاشيتها ويستمعون إلى تعاليم صباحية من كتابات عن يهوه. وكثيرًا ما انطلقت بمفردها إلى حدائق القصر ، تتأمل فيما سمعته .

أحست بإقتراب موعد العودة إلى سبأ . وعلى الرغم من أن الرحيل عن سليمان كان لا يقل صعوبة عن الرحيل عن أبيجايل إلا أنها وجدت إنه من الأفضل لها أن ترحل الآن قبل أن تتطور الأمور وتصبح أصعب . ومع ذلك فقبل أن تستطيع أن تتعامل مع هذا الأمر ، فقد تبقى لها أمراً مهماً تفعله قبل إكتمال رحلتها . كان عليها أن تقدم هداياها التي جلبتها من سبأ للملك سليمان . وكان هذا أفضل وقت لفعل ذلك . لأن إهداءها الآن كان أكثر من مجرد إلتزام بروتوكولي إنما هو تتويج لرحلة قد غيرت حياتها إلى الأبد . لقد بذلت من وقتها للمجئ إلى هذا البلد . لقد بذلت من عقلها وبالتالي من قلبها . والآن حان وقت بذل ماتملكه . لكن أكثر من ذلك لم تكن فقط تعطي من كنوز سبأ لسليمان ، بل ليهوه أيضاً . ليس لأنه بحاجة إلى غناها ، بل انها هي المحتاجة إلى أن تعطي شيئاً له. قاطعت ماريون

١٦٩

أفكارها وأعطتها رسالة من الملك . كان يطلب أن تأتي للعشاء فى قصره .ويالها من دعوة مناسبة في توقيتها ! يمكنها أن تعد هداياها لتقديمها للملك . وبهذه الفكرة ، أصبحت فى غاية الحماسة . لم تدرك قط جمال العطاء قدر هذه اللحظة.

هتفت بها « ماريون ، أحضرى لى تامرين ! لدينا أموراً هامة نرتبها . »

غادرت ماريون الغرفة ، والملكة تفكر فى مدى تعقيد وصيفتها حتى بنيامين نفسه ، وهو معلم مخضرم فى الكتابات المقدسة ، لم يستطع أن يخترق قشرتها الصلبة . ونصح الملكة أن تصبر عليها . إن الإيمان بأمور الله عمل قلبى لا يمكن أن يأتى بالإرغام ، هكذا قال لها . وقرر بنيامين أن يمضى وقتاً أطول مع ماريون . وكان واضحاً عدم إستيعابها لما يجرى حولها .

وبدأت الملكة تتساءل لماذا إختارت أبيجايل ماريون فى المقام الأول . كان عدم التفاهم بينهما واضحاً . ولكى تزداد الأمور تعقيداً ، فقد كان هذا هو اختيار أبيجايل !

كما أن هذا الموقف قد جعل الملكة تعى أن تحديات كثيرة تنتظرها فى سبأ . الله وحده هو مغير القلوب . عندها ركعت وبدأت تدعوه من أجل ماريون وكل أهل سبأ الذين لم يعرفوه .

تكلمت الملكة مع تامرين لوقت طويل ، أجلت ماريون وجبتهما حتى ظنت انه لن يتاح لهما وقت للأكل . وعندما خرجا إلى الدهليز ، سبقتهما لتُعْلَم الخدم . لم تكن ماريون لتفتقد كل عز وغَنى مسكنهم . علمت أن من يخدمون معها سيحزنون لترك الحياة التى عاشوها فى

أورشليم ، أما بالنسبة لها ، فالرجوع إلى سبأ كان كل ما تحلم به .

جلست الملكة فى حجرتها تفكر بعمق فى الهدايا التى كانوا على وشك أن يقدموها لسليمان . سمعت عن الأشياء الجميلة التى صنعها بالهدايا التى وصلته . فمن الأخشاب الثمينة صنع دَرْجاً صاعداً إلى هيكل الله ، وقيثارات وآلات وترية للمغنيين . وإن كان الملك الأرضى يصنع أشياء جميلة بالهدايا التى تصله ، فكم من أشياء أعظم يستطيع يهوه أن يصنع بالمؤمنين به سُلماً يصعد عليه الآخرون ليكونوا فى حضرته كانت تتخيل كيف يعطى يهوه بسخاء للذين يعطونه بسخاء .

(٣٠)

إصطحبت الملكة معها تيموثاوس إلى قصر سليمان . فى البداية تعجب الملك من وجود تامرين معهما أيضاً. لكن خيبة أمله تبدلت إلى فضول حين لمح الحماسة والإثارة على وجوههم . لابد أن السر الذى يخفونه مهماً فعلاً أيا ما كان هذا السر .

قالت الملكة « يا ملك سليمان ، أتمنى أن تتقبل زيارتنا المفاجئة دون ترتيب مسبق كمفاجأة سارة لك هذا المساء . »

ومرة أخرى ، لم يدرى الملك ما يتوقعه من هذه المرأة الممتلئة حياة . فرد قائلاً « أكملى . ما الذى يجعل تصرفك مثيراً للفضول ؟» مثل إخلاص ملاكٍ ، تكلمت من قلبها فقالت « عندما قررت السفر إلى أورشليم ، قيل لى أنه سيتعين علىَ أن أضحى بالكثير . قيل لى أننى سأواجه أخطاراً مجهولة – لصوص ، وقطاع طريق ، وعواصف متوحشة ، بالإضافة إلى مشاق السفر فى الصحراء . وقد أواجه سوء فهم مواطنى سبأ أو حتى أن أخسر حياتى فى مواجهات مميتة . كما أن علىَ أن أتحمل الرتابة اللانهائية لأميال لا تنتهى من سفر بلا أحداثَ . وقد تحقق الكثير من هذه الإنذارات . وليس هذا فقط ، بل أن علينا أن ننطلق مرة أخرى قريباً فى أراضٍ لا نعرفها فى

رحلة عودتنا .

«ما أود أن أقوله لك أيها الملك العزيز ، أن الرحلة كانت تستحق كل المشاق التى واجهناها . لقد إكتشفت كنزاً حقيقياً . إننى لن أتخلى قط عن الكنوز المقدسة التى أعطيت لى . كانت الرحلة تستحق فعلاً تستحق فعلاً تستحق ! » مع كل كلمة كانت عواطفها تبدو جلية للعيان أكثر فأكثر .

» كعربون لعرفاننا وتقديرنا ، فإننى أود أن أقدم لك بعضاً من كنوز سبأ . انها بالطبع لا تقارن بكل ما منحتمونا من مملكتكم .»

تقدم تامرين إلى الأمام وأشار بأن يحضر الخدم الصناديق المملوءة مفاجآت أمام الملك . أعطت الملكة مئة وعشرين وزنة ذهب وكميات ضخمة من التوابل الثمينة والنادرة من سبأ . كما أعطته بوفرة أحجاراً كريمة . لم يسبق أن أُهديت هدايا ثمينة كهذه إلى سليمان ، ولم يحدث أن أُهديت له مثلها بعد ذلك .

شعر الملك بالإتضاع . فهذا التصرف الذى ينم عن العرفان جعله للحظات لا يجد ما يقوله . وعندما تكلم ثانية حاول أن يشكرهم بكل حرارة لأجل كرمهم . وقد وجد نفسه متأثراً حتى انه أعطى الملكة فى المقابل هدايا سخية جداً . وأصر على أن تمنح كل شهوة قبلها . فأعطاها هدايا من خزائنه الشخصية وكل ما طلبته منحها إياه .

إستمرت الأمسية كإحتفال كبير . وإستمتع سليمان بالفرح الطفولى الذى ملأ الحجرة ، ناسياً إلى حين تعقيدات حكم أمة كأمته . إستمتع الملكان معاً وضحكا كطفلين فى حالة من النشوة .

إقترب وقت العشاء ، فإنسحب تامرين خارجاً . وإبتهج الملك بأن

يتناول العشاء منفرداً مع الملكة . ودخلا إلى غرفة طعام خاصة .
عند دخوله إلى الحجرة ، سُرَّ الملك بأن يستمع إلى موسيقاه المفضلة
يعزفها موسيقيون فى الحجرة المجاورة .

عندما أغلق الباب ، توجهت الملكة نحو كرسيها ، حين أحست بيد
سليمان على كتفها . وكم شعرت بالضعف أمام لمسته .

سألها « يا ملكة سبأ ، أترقصين معى ؟»

عندما زالت صدمتها ، دار فى ذهنها آلاف النَعَم ، لكن الأمر إستغرق
عدة لحظات حتى جاء ردها وهى تومئ برأسها «نعم « .

إقترب منها الملك ، وراحا ينزلقان بدون جهد حول الغرفة كأنهما
فى حلم جميل ، وكشباب أبرياء يستمتعان بحبهما الأول . عندها
أدركت الملكة أنها قد أراحت رأسها على كتف الملك . انها لم تختبر
قبل ذلك مشاعر أمانَ تجعلها تفتح قلبها وتسلمه لأحد كما أحست مع
هذا الملك . ظلا يرقصان معاً لمدة طويلة وكانت تتبعه وهو يرقص
معها حول الغرفة . كان هذا هو أول رجل تحس معه انه بإمكانها ،
بدون تردد ، أن تنساق لقيادته .

إنتهت الموسيقى ، ظلا ممسكين ببعضهما البعض للحظة . وإستمتعت
هى بالمشاعر المكتشفة حديثاً وهى تراقب الناظرين إليها بحبَ .

قال لها « أنت أجمل إمرأة قابلتها »

التقت عيناها بعينيه،وذابت من نظرته المركزة عليها فمالت برأسها عليه .

قاطع تلك اللحظة الجميلة ، طرقاً على الباب .

١٧٤

أُجلسا على مائدة جميلة معدة لشخصين . وملأت الجو روائح الطعام الطازج . ما كانت الملكة تدرى فيما كان يتناقشان ، لكنها كانت تدرى بوضوح شديد ما تحس به .

بعدما أكلا قليلاً ، باحت له الملكة بأحد أعمق أسرارها « سليمان ، أعنى يا ملك سليمان » هكذا قالت وهى تصحح كلامها « أتذكر حين حكيت لى عن حلمك فى جبعون عندما أصبحت ملكاً جديداً ؟ »

قال « بالطبع ».

أكملت « لقد قلت لك أننى أنا أيضاً حلمت حلماً حين تُوجت ملكة ».

قال « أذكر ذلك .وبدوت مترددة عندئذ أن تحكى لى المزيد»

« منذ اليوم الذى أصبحت فيه ملكة ، حتى قبل أن أقرر أن آتى إلى هنا كانت الكوابيس تعذبنى . كانت ترعبنى كل تلك السنوات لقد عانت أمى أيضاً منها . وكانت مرعوبة دوماً من ألا تُرضى الالهة » . بدا الملك متضايقاً وهى تتكلم لعجزه عن تغيير الماضى ، مهما كانت رغبته الحالية فى حمايتها .

أكملت الملكة « بعدما بدأت أسمع عن يهوة ، ذات ليلة كنت أعانى من أحد تلك الأحلام المزعجة ، حين جاء فجأة منقذ وإنتزعنى من تلك الظلمات ومن دائرة الرعب التى إنكسرت منذئذ . »

نظر إليها الملك بعطف . وآلمه أن يفكر فى الظلمة التى إكتنفتها لكنه فى الوقت نفسه كان مذهولاً من القوة التى أوقفت وأنهت كوابيسها الليلية .

« يا ملك سليمان ، لقد وصلت إلى إدراك أن يهوه نفسه قد أنقذنى . لقد أظهر لى محبته حتى قبل أن أعرف انه هو من فعل ذلك . انه حقاً إله محب أليس كذلك ؟ »

لم يستطيع الملك أن يمنع إبتسامته . وأشرقت الملكة وهى ترد له الإبتسامة الآن عَلَمتَ إنه لا يوجد شئ تخفيه عنه . وإستمرت الأمسية كأكمل وأجمل ليلة سبق لها أن عاشتها .

إستيقظت الملكة فى اليوم التالى ، ممزقة بين عالمين . عالم حبها المتنامى للملك والآخر يحمل مهامها الكثيرة جداً التى تناديها . فحتى وقت قريب ، لم تسمح لنفسها بأن تعرف ماذا تكون عليه علاقة حقيقية مع رجل لكنها الآن تريد حباً كهذا فى حياتها .

تركت نفسها تتخيل شكل الأحداث التى تناسب ملكة . لكن الحقائق الواضحة إستقرت فى عقلها . كانت تحب كل شئ فى سليمان . انها لم تعرف قط أحداً تثق فى حكمته مثله . ولم تقابل قط رجلاً يكرُم ويُحب إلهه مثل سليمان . ماذا يكون شكل الحياة كزوجة مع رجل كهذا ؟ ماذا تكون الحياة إن أنجبت طفلاً ؟ أيرث نسله منها حكمته الشديدة ؟ وصدمت من الأفكار التى دارت فى عقلها .

لقد جعلها حتماً تحس بمدى تميزها . لكن ما معنى ذلك ؟ إلى جانب ذلك ، انها لا تستطيع أن تترك بلدها لأجل رجل سواء أكان ملكاً أم لا . كلا ، إن سبأ هى رسالتها فى الحياة ومن الأفضل ألا تفكر فى أفكار كهذه . قفزت الملكة من فراشها . كانت تحتاج ان ترتب لقاءً مع تامرين لبدء مناقشة متى يغادرون أورشليم .

لم يسبق لسليمان أن أُعجب بإمرأة مثلما أُعجب بملكة سبأ . كانت

تفهمه بطرق لم يفعلها أحد قبلها . كان عقلها لامع الذكاء . وقد أخرجت الطفل الكامن فيه بشكل سحرى . أكانت هناك أيه وسيلة يحتفظان من خلالها بصداقتهما ، بحبهما ؟ أكان لَزاماً عليها أن تعود إلى سبأ ؟ أيستطيع أن يقنعها بالبقاء ؟ فى أعماقه كان يعلم إجابات أسئلته . كان يحن إليها بشدة أيستطيع إقناعها بالزواج منه ؟أيمكن أن تدخل فى عهد زواج مقدس وتكون إلى الأبد ملكته الأغلى والأعز ؟ كانت إمرأة خاصة جداً بالنسبة له أكثر من أيه إمرأة أخرى سبق له أن عرفها . لكن هل يكون طلب كهذا عادلاً بالنسبة لها ؟ إن كان مقدراً لحب أن يدوم إلى الأبد فإنه سيكون حبهما كان قد عرف صحبة نساء أخريات ، لكن ـ كم كن فارغات وغير مُشبعات بالمقارنة لما إكتشفه فى ملكة سبأ ! كان ما يجمعهما فريداً فى نوعه . انها ستكون بقلبه دوماً بصرف النظر عن أين تعيش . بالتأكيد ، سيصل إلى حل يوحد حبهما إلى الأبد .

قاومت الملكة مشاعر حبها التى تجذبها بشدة نحو الملك . كانت تريد أن تنكر تلك المشاعر. ورتبت على عجلٍ موعد رحيلهم مع تامرين . وأخبرت حاشيتها بموعد الرحيل . وأرسلت تخبر القصر حتى لا يكون الملك آخر من يعلم .

فاجأت تلك الأخبار الملك . كان يتمنى لو أتيح له مزيداً من الوقت لحل معضلة قلبه . وأمر أن تُحضر واحدة من أكبر عرباته المصرية . كان يحتاج أن يتكلم مع الملكة . عندما وصل ، إندهشت حاشيتها لوصوله بدون سابق إنذار . أخبروا الملكة بسرعة بوصوله ، ونزلت الدرج إلى حيث كان ينتظرها .

سألها « هل تعطينى شرف أن تأتى لنخرج معاً ؟ » وافقت الملكة

وأشارت إلى ماريون لمساعدتها فى جمع ما قد تحتاجه للخروج مع الملك . ساعدها سليمان بنفسه على ركوب العربة . لم يكن ممكناً أن تخرج فى سبأ بدون حرس غير أن دعوة ملكية كانت مبرراً كافياً لإجراء إستثناء . اتجه إلى ريف أورشليم . كانت شاكرة للضجيج الذى تصنعه الجياد والعربة على الطريق غير المعبدة ، حتى تستطيع أن تستجمع أفكارها قبل أن تتكلم .

ذهب سليمان إلى بقعته المفضلة التى يذهب اليها بمفرده . شعرت الملكة بعدم الإرتياح إن الملك لم يصل قط دون إعلان مسبق.

كانت صراعاتها الداخلية تتصاعد أسرع من قدرتها على إخضاعها . جلست صامتة. عندما توقفا هناك فى سكون تلك المنطقة المشجّرة بدأ الملك يكشف لها قلبه .

« إننى أسير حبك . أنت الأجمل بين النساء ، كسوسنة بين شوك ، كلك جميلة . إن حبك أطيب من الخمر لى. أتراك تزيلين الحزن الذى يعترينى من مجرد التفكير فى إفتراقك عنى ؟ أريد أن يدوم حبنا إلى الأبد . أتسرين قلبى بموافقتك على أن تكونى زوجتى ؟ »

لم تجد الملكة ما ترد به على سؤاله . اذ كانت تنفجر داخلياً من شدة العواطف . كان قلبها ينبض بسرعة إلى حد أنها كانت لا تستطيع التنفس . نظرت فى عينيه فرأته مشتاقاً لسماع جوابها .

قالت وهى ترتجف بالمشاعر التى تحاول كبتها « إن كلماتك تفرحنى بشدة . انها تريح وتسعد قلبى . إننى لم أحب رجلاً قبلك . أنت سيد على الجميع . إن كل ما فى قلبى يحبك . »

ثم بدأت تبكى بكاءً يخرج عن السيطرة.َ أسندت رأسها على كتفه

غير قادرة على إيقاف سيل دموعها . لم يكن الملك يجرؤ أن يضغط عليها، لكنه أمسكها كأنه لا يريد أن يدعها تمضى أبداً . رويداً، توقف بكاؤها وجلسا فى صمت تام .

أخيراً تكلمت الملكة بلطف وقالت «هل يمكن أن نذهب إلى الهيكل ؟ أحتاج أن أتحدث مع يهوه »

عندما وصلت الملكة إلى سكنها ، دخل الملك معها . طلب أن يقابل تامرين . تقابلا معاً فى لقاء قصير غير مرتب سابقاً . أخبره الملك عن المأدبة التى أعدها الملك للملكة قبل سفرهم . وتناقش معه فى مبيت الملكة فى قصره بعدها ، حتى لا يزعجها جمع حقائب السفر وترتيباته . ثم غادر الملك بنفس مفاجأة مجيئة .

فى تلك الليلة ، راح الملك مجيئة وذهاباً فى حجرة نومه . كان منتبهاً إلى أن الملكة لم تعطه جواباً . انه لم يشعر قط قبل ذلك بلوعة الحب تجتاح قلبه . لكنه علم بحكمته أن عليه أن يعطيها وقتاً تفكر غيه فى أمر مستقبلها ووجد نفسه جاثياً على ركبتيه . رافعاً وجهه ، نظر إلى سماء أورشليم . كان يبحث عن سلامه فى محضر يهوه المريح ، من وجه العاصفة الدائرة داخله . فجأة سمع طرقاً على الباب . أعلن الخادم وصول أمه بتشبع. فكر الملك فى كم كان هذا الأمر غير عادياً .

قال الملك « أدخلوها » .

عند الباب وقفت إمرأة صغيرة الحجم محنية الظهر . أرجع بلطف غطاء رأسها إلى كتفيها . قبلها و ساعدها على الجلوس على طرف فراشه .

« يا أمى ، يا أمى ، لقد باركتينى بزيارتك لى هذه الليلة .» حضنته ثم أمسكت بوجهه بين يديها قائلة بصوت واهن «لا أستطيع أن أتوقف عن التفكير فيك اليوم. إن الأم تعلم دائماً متى يحتاج إبنها إلى صلاة .»

نظر إلى وجهها المتعب الحكيم . كان جمالها كلاسيكياً ، لم تقلل منه بعد الخطوط الغائرة فى وجهها .

لم يستطع أن يكتم عنها ما فى قلبه .» أمى ، لقد وقعت فى حب عميق لملكة سبأ . أريدها إلى جانبى فى كل حين . »

جلسا صامتين لبرهة .

نظرت إليه بعطف وقالت « لقد سمعت من عدة مصادر عن مدى قربكما من بعضكما البعض.»

كان فى عينى سليمان دموع حين أجاب « لا توجد إمرأة أخرى تقارن بها يا أمي. »

وضعت يديها حوله وقالت « أعرف ياولدى ، أعرف .»

دفعه الفضول ليسألها «ماذا يقول الناس عن علاقتى بالملكة؟»

أجابته « البعض مهتم . والبعض الآخر محتار . انهم لا يفهمون كيف يدَّعى الغرباء أنهم من أتباع الرب الآن .»

« كما تعلمين ياأمى ، لقد ملآنى الرب رغبة رؤية جميع الناس يعرفونه . أنت نفسك سمعت صلاتى حين تدشين الهيكل .»

أجابت « نعم ، نعم إننى أتذكر »

« أمى ، إن هذا إستجابة لصلاتى أن يصبح زوار سبأ من أتباع الرب .»

سألته « وماذا عن الملكة ؟ »

قال الملك سليمان بفخر « لقد كانت الأولى فى الإيمان الفورى .» ردت عليه « اننى جد سعيدة . يا بنى لا تضطرب . إننى أعرف معنى أن تجد نفسك مشتبكاً مع أحكام الآخرين. لقد عرف الله نوايا قلبك وعرَّفك بما على قلبه لجميع الأمم. ويا له من إمتياز لك . أما بالنسبة لمشاعرك تجاه الملكة ، فالله يعلم ويتفهم . »

عندما غادرت أمه الغرفة ، شكر الله على إستجابته لصلاته. لم يعلم بالتحديد ما قالته أمه ، لكن زيارتها بعثت فى قلبه السلام الذى كان ينشده .

(٣٢)

شعرت ماريون بالتعب الشديد هذه الأيام. كانت قدرتها على التركيز فى كل المسئوليات المتعلقة بالملكة تزداد تحدياً. بالإضافة إلى مسئولية تجهيز الحقائب إستعداداً للرجوع إلى الديار فى الموعد المحدد. كانت تعى جيداً أن وظيفتها هى وظيفة محترمة. لكنها منذ بداية الرحلة قد إنتوت فى نفسها ألا تكون بالنسبة للملكة مثلما كانت أبيجايل. انها كانت تشتاق بشدة سراً للعودة إلى سبأ. وإعداد الحقائب كان عزاءها الوحيد لأن معناه قرب العودة إلى الديار.

سمعت من الملكة نصف النائمة نداءً « أبيجايل ، أبيجايل » إحتارت ماريون فى أن ترد أو لا ترد. كانت تعرف أن الملكة كانت تفضل أن تكون أبيجايل معها ، لكن الواقع هو انها لم تكن هنا. حاولت تجاوز الخطأ ، ودخلت حجرة الملكة.

« نعم يا سيدتى . »

« أريدك أن ترسلى رسولاً إلى الملك يخبره بضرورة أن نلتقى . » سألتها ماريون « هل تحبين أن أحضر لك شاى الصباح ؟ »

« نعم ، وسوف أرتدى ثيابى وأستعد لليوم بأسرع ما أستطيع . »

أومأت ماريون وغادرت الغرفة على عجلٍ وشعرت بثقل العمل وبإحباط أن الملكة لم تدرى أنها نادتها بإسم خطأ .

تعجبت الملكة من سرعة سماعها لرد الملك . بينما كانت ماريون تسرع فى إستكمال آخر التفصيلات سمعتا طرقاً على الباب . ثم تكلم الخادم قائلاً « يلتمس الملك أن يخرج مع جلالتك مرة أخرى فى عربته . »

أجابت الملكة « نعم ، بالطبع ، أخبره اننى قادمة . »

حين دخلت الحجرة حيث ينتظرها الملك نظرت فى عينيه وأحست أنها لا تقدر أن تحول أنظارها عنه أبداً . أخذ يدها وطلب منها أن ترافقه .

وبينما هما منطلقان إلى الريف ، تعلقت يده بيدها حتى وصلا إلى بقعتهما المفضلة نظر اليها ليرى تعبير وجهها وما ستكون عليه كلماتها . كان يشتاق ، ويتمنى ، وينتظر .

بدأت كلامها بقولها « ليلة أمس ، نمت نوماً عميقاً ، وكنت على ما يبدو طوال الليل أبحث عمن أحبه . كنت نائمة وقلبى مستيقظ . بحثت عنه فى طرق المدينة ، فلم أجده . إشتاقت روحى إليه لكن لم أعرف له مكاناً . ناديت لكنه لم يرد . كنت ببساطة مريضة بحب حبيبى . وكلما بحثت عنه أكثر كلما أدركت حجم حبى له .

« ثم وجدت من تحبه روحى . فأمسكته ولم أرخه . أنت ياملك سليمان هو حبى » صمتت برهة ، بدت كساعات للملك ثم أردفت « انه ليشرفنى أن أكون زوجة لك ! ».

رأى فى عينيها ما كان يشتاق أن يراه . وأطربته كلماتها كأجمل موسيقى يمكن أن تعزفها الالآت ببراعة .

فى تلك اللحظة هبطت حمامة على فرعِ الشجرة أمامها .

إلتفت اليها وقال «أنت حمامتى ، كاملتى ، الآن علمت أنك لى ، ولا شىء سيغير هذا .» كانت لا تخفى رغبتها فى أن تبدأ حياتها معه .

سألته « يا حبيبى ، لِمَ تدعونى حمامتك ؟ »

« ترين يا حبيبتى ، فإن الله قد صنع عينىَّ الحمامة بشكل خاص . انهما تركزان على شىء واحد فقط في كل مرة . لقد رأيت تلك النظرة فى عينيك اليوم، وقد أتت علىَّ .

« لقد رأيت أزواجا من الحمام يبقيان معاً طول الحياة . ويراعيان أحدهما الآخر . يجلسان معاً . ويطيران معاً ، متعاهدين أن يعيشا كشىء واحد على الدوام . أنت حبيبتى وسأدعوك حمامتى . »

ومرة أخرى ، إستمتعت بمهارة الملك فى أخذ صفة من صفات إحدى مخلوقات الله ليقدم بها منظوراً مقدساً . كانت فى غاية الفرح أن دعاها حمامته .

« لكن كيف سنرتب هذا الأمر ؟ إن خدامى يجهزون العدة للرحيل وخدامك يعدون للمأدبة . »

جاءته فكرة « لندع المأدبة تمضى كما هى ، ونعلن خلالها خبر زواجنا . لنمدد المناسبة لتستوعب إحتفالنا ببدء حياتنا معاً . انها ستكون مفاجأة للجميع . ثم يمكن أن يزوجنا الكاهن فى إحتفال خاص بعد ذلك .

«ثم فى اليوم التالى ، يمكننا أن نمر فى شوارع اورشليم فى الهودج الملكى ونحي كل من يريدون مشاركتنا فرحتنا»

لكنها ردت وعقلها يدور بسرعة « لكن المأدبة على بعد أيام من الآن ، ويتعين علىَّ أن أخبر تامرين . ولابد أن أخبر ماريون وإلا فستظن أن شيئاً غير عادى يجرى فهى فى النهاية التى ستكون مسئولة عن أن أكون ملكة مهيئة لعُرسها .»

(٣٣)

عندما وصلت الملكة إلى سكنها ، دعت إلى إجتماع مع تامرين. بدا لها كل ما يحدث حولها خيالياً ، بداية من حلمها إلى زواجها والآن إلغاء خطط العودة من أورشليم إلى الديار . لم يكن لديها وقت لتفكر فى رد فعل تامرين. . كان عليها أن تفعل ما يجب عليها أن تفعله .

وصل إلى المكتبة الصغيرة وأُجلس منفرداً مع الملكة قالت له « كيف حالك يا تامرين وكيف حال باقى حاشيتى ؟ »

« نحن جميعاً مشغولون للغاية وعصبيون بسبب الرحلة ، لكن ننتظر بسرور رجوعنا إلى سبأ»

ظنت الملكة أن هذا الأمر قد لا يسير كما كانت ترجو . لكنها إستجمعت شجاعتها وقالت « لدينا تغيير فى خططتنا »

لم يبدو على تامرين أقل بوادر القلق . بدا وكأنه كان يتوقع تغييراً مفاجئاً فى الخطة . وتساءلت كيف يستجيب هذا الرجل القوى الشجاع لإعلانها بهذه البساطة ولم تدرى كيف تُكمل ، وهى التى كانت كلماتها لقادتها دائمة الحضور. فتكلمت ببساطة « لقد طلب الملك أن يتزوجنى ، وقد وافقت »

ذُهل تامرين ونظر بعيداً ، متسائلاً ان كان ما سمعه صحيحاً ثم أطرق إلى أسفل وحك أنفه ثم نظر إليها وقال من أعماق قلبه « إن هذا رائع ! بديع ! أتدرين كم من أبواب وفرص سيفتح هذا الأمر على تجارتنا ؟ »

ضحكت وقد تعجبت من رده . وتخيلته مسترسلاً فى الحديث عن كل الإحتمالات الجديدة الممكنة .

« تامرين ، أنت الرجل الأنسب لوظيفته . »

« وأنت يا سيدتى الأفضل لدورك أيضاً ! »

« تامرين ، إننى أحبه جداً . »

نظر بعيداً ، ثم إلى أسفل ، ثم حك أنفه قائلاً « مؤكد ياسيدتى . »

بطريقة ما ، أضحكها تامرين ، ووجدت تصرفه منعشاً .

« تامرين ، يجب أن يظل هذا الأمر سراً بيننا لا نخبر به أحداً ، ما عدا ماريون ، حتى يعلن الملك الخبر خلال المأدبة . »

« ان كان الأمر سراً ، فهو سيبقى سراً ، لدىَّ سؤال واحد فقط يا سيدتى . هل سنعود إلى سِبأ أم لا ؟ »

أجابته وقد وجدت إنه من العسير التطرق إلى هذا الأمر الآن « بالطبع ، بالطبع . »

نهضت عن كرسيها وأكملت « لقد كان يوماً طويلاً ، هلا شرحت الأمر لماريون نيابة عنى ؟ سوف أذهب إلى غرفتى لأستريح ، وسأرسلها إليك . وأرجو أن تعدل جدول الخدم وأن تعفيهم من إعداد

الحقائب . سوف يقدرون ذلك .«

قال وهو يقف يشاهدها تغادر الغرفة « إن ذلك من دواعى سرورى ياسيدتى .«

دخلت ماريون بعد ذلك بقليل . وتعجبت من بقاء تامرين بمفرده بالغرفة بعد مغادرة الملكة لها . تساءلت عما يريد أن يقوله لها .

تكلم بلهجته المعتادة التى يؤدى بها عمله. أرجوك أن تجلسى . لقد أعلمتنى الملكة أن أخبرك بتغيير فى جدولها وأنت الوحيدة بين جميع الموظفين والخدم بالإضافة إلىَّ ، التى ستعرف ذلك، ولابد أن يبقى الأمر سراً .«

أحست بالفخر انها الوحيدة من بين الحاشية التى ستؤتمن على سرَ. وقالت لنفسها كان يمكن أن تخبرنى الملكة بنفسها عن هذا الأمر .

أكمل تامرين « لقد تأجلت عودتنا إلى سبأ. لأن الملكة ستتزوج الملك سليمان .«

نظرت إلى تامرين نظرة متحجرة وهى تحملق فيه . كانت تغلى غضباً لأن تأجيل العودة إلى الديار كان أمراً لا يخطر ببالٍ .

علم تامرين بوجود خطأ ما . وفكر فى رد فعل واحد فقط فى تلك اللحظة .

قال وهو يميل إلى الأمام « تعلمين يا ماريون ، أنك ستكونين الوحيدة التى تنتقل إلى قصر الملك سليمان مع الملكة ، ويا له من إمتياز .«

لم تصدق أن هذا يحدث لها . سيكون لها هذا الشرف منفردة وربما إستطاعت أن تتأقلم مع الظروف الجديدة فى نهاية الأمر . وإذ كانت

ماهرة فى إخفاء مشاعرها ، علمت ما يجب عليها فعله .

فأجابت «‌ سوف أُعد لهذا التحول من فورى وبما أننا لن نعود إلى سبأ ، الآن ، فأعفنى من بعض مسئولياتى بتعيين بعض الموظفات لمساعدتى .‌» تكلمت بنبرة من يأمر ، لا من يرجو إلى تامرين .

قال «‌ طلبك مجاب .‌»

بشكل ما ، أحس تامرين أنه قد حل أزمة ، لكنه لم يكن متأكداً ماذا كانت بالتحديد .

❦

(٣٤)

رافق تيموثاوس جلالة الملكة وتامرين إلى إحتفال القصر . وشعر وهو يسير معهما نحو صالة العشاء الضخمة بالإثارة للإستقبال المعد للملكة . وقف الجميع إحتراماً لها وتحية . كانت الموسيقى تصدح فى أرجاء الصالة وفى وسط الصالة وقف الملك ينتظرها. ذهب اليها وأمسك بيدها وقادها بلطف لتجلس على كرسى الشرف بجواره .

إتخذ تيموثاوس مكانه متمركزاً عند أحد البوابات الكبيرة للصالة . أى منظر جميل كان يشاهده بعينيه . كانت القاعة مزينة بحرفية بالألوان والورود التى تحبها الملكة . كانت المائدة معدة بأروع مآدب القصور التى رآها فى حياته . كما لم تكن الملكة قط أكثر إشراقاً من الليلة .

كانت أمسية كاملة من كافة الوجوه والضيوف يستمتعون بالألحان والأنغام من مغنين ذوى مواهب غير عادية . ثم توقفت الموسيقى ووقف سليمان أمام الناس وطلب أن ينتبهوا .

« لقد دُعيتم جميعكم اليوم فى قصرى لتكريم الحاكمة الرائعة من سبأ ، التى باركت مدينتنا بزيارتها .»

ثم إلتفت إلى الملكة وأكمل «على شرفك ، أقدم لك ، يا ملكة سبأ ، نسخة من صلاة ، كتبها لى داود أبى قبل موته « ثم مد لها يده بمخطوط جميل محفوراً عليه إسمها .» لقد لحن رئيس الموسيقيين كلمات الصلاة هذه . إنه يسعدنى أن أكرمك بكلمات أبى داود فى أغنية .»

بدأ لحن من أعذب النغمات يُعزف وأصوات سمائية تبارك كل مستمع بكلمات صلوات داود لسليمان .

اللهم أعط أحكامك للملك

وبرك لابن الملك

يدين شعبك بالعدل

ومساكنك بالحق .

تحمل الجبال سلاماً للشعب

والأكام بالبر

يقضى لمساكين الشعب

يخلص بنى البائسين

ويسحق الظالم .

يملك من البحر إلى البحر

ومن النهر إلى أقاصى الأرض

أمامه تجثو أهل البرية

وأعداؤه يلحسون التراب

ملوك ترشيش والجزائر يرسلون تقدمة

ملوك شبا وسبأ يقدمون هدية

ويسجد له كل الملوك

كل الأمم تتعبد له

ويصلى لأجله دائماً

اليوم كله يباركه .

كانت الملكة بالكاد تتمالك نفسها عندما سمعت الأغنية . كيف تكلم الملك داود عن سبأ حتى قبل أن تسمع هى عن قصص أورشليم ؟

كيف أمكنه التكلم عن الهدايا التى كانت ستعطيها لسليمان؟ كان كل ذلك فوق قدرتها على الفهم . عندما إنتهت الموسيقى ملآت الدموع عينى الملكة ووقفت مذهولة .

تكلم الملك وهو لازال واقفاً «شكراً لك ياملكة سبأ، لأنك قد حقتتَ جزءاً من صلاة أبى داود ونبوته عنى ، أنا سليمان ، ملك اليهود ».

دوى التصفيق فى الصالة على شرف الملكة . وقفت وردت تحيتهم وهى تشير لهم بيدها . شعرت بالشرف أن أتممت كلام داود النبوى ، باحضارها هدايا لسليمان وإلهه.

إمتلأت شكراً وهى ترغب فى إتمام الجزء الثانى من النبوة.

« ويسجد له كل الملوك ، كل الأمم تتعبد له . » لأنها الآن كملكة قد
أحنت ركبتيها ليهوه وستفعل كل ما فى وسعها كأمة لتخدمه .

كان تيموثاوس يشاهد من بعيد . أعاد المغنون الأغنية الجميلة مرة
أخرى ولاحظ فى تلك اللحظة وصول ضيف جديد إلى القصر .
بينما تم إستقبال الغريب بهدوء ، بالكاد سمع صوت الهمس الذى
طلب من الكاهن أن يذهب إلى منطقة الضيوف فى القصر ، بجوار
حجرة الملك . فكر تيموثاوس فى مدى غرابة الأمر . لماذا يأخذونه
إلى حيث ستنام الملكة هذه الليلة . لكنه طمأن نفسه قائلاً لابد أن
الملك يعلم معنى ذلك .

إنتهى التصفيق ووقف الملك سليمان والملكة معاً أمام الضيوف فى
تلك اللحظة نفخ أحد الموسيقيين بوقه وملأت نغماته القوية أرجاء
الحجرة . عندما إنتهى ، ساد الصمت المكان . وإلتفت الجميع باهتمام
إلى الملك والملكة .

قال سليمان « يا ضيوف أورشليم ، شكراً على تكريمكم لملكة سبأ .
والآن هلا إنضممتم إلىَّ فى سبب آخر للإحتفال لقد طلبت من الملكة
أن تتزوجنى ، وهى قد وافقت ! »

ساد صمت مطبق على الصالة . وأشرقت الوجوه بسحر كلمات
الملك ناعمة ولطيفة وهو ينظر لعروسه . بدت على وجهه نظره
إحترام عميق وهو يكمل .

« لقد أتت الملكة إلى مائدة إحتفالى . وعلمى فوقها محبة الليلة
سنتزوج ، وغداً سنطوف المدينة فى الهودج الملكى . سيقدم الآن
أفخر الخمر . ولتستمر الأحتفالات . »

١٩٤

شُحن الجو بمفاجأة الإعلان . خرج الجميع وتمتعوا ببهجة تلك اللحظات .

إمتلأ تيموثاوس الذى كان لازال واقفاً بالباب فخراً بالأخبار التى سمعها لم يكن يطيق الإنتظار حتى تعرف أبيجايل أن ملكتهم المحبوبة قد تزوجت أشهر رجل على وجه الأرض. كم كانا يستحقان بعضهما البعض ، هكذا قال لنفسه سوف يسعد الموظفون والحاشية بتلك الأنباء. الآن فهم لماذا تأجل رحيلهم .

إستمر ضيوف القصر يستمتعون بالخمر والموسيقى . وقبل أن يغادر آخر الضيوف كان الملك والملكة قد إنسلاً ليتم زواجها فى خصوصية. إنتظرت ماريون فى حجرة الضيوف لتعد ملكتها لليلة زفافها . لم تتخيل نفسها أبداً فى هذا الموقف وكانت تشعر بالرضا الشديد لعلمها بأنها قد شاركت فى لحظة من حياة الملكة لم يكن متاحاً لأبيجايل أن تشاركها فيها أبداً .

(٣٥)

أحست الملكة بالدفء على وجهها جراء أشعة الشمس الأولى التى أشرقت على حجرة الملك . وسمعت على البعد زقزقة العصافير التي لابد كانت تستمتع هي أيضا بشمس الصباح الباكر . أدركت أن الذراعين اللذان حوطاها طوال الليل لم يكونا موجودين . دفعت خصلات شعرها جانباً ، نظرت حولها إلى الغرفة المزينة بجمال فائق . رأت الملك جالساً إلى طاولته بجوار النافذة . كان مستغرقاً على ما يبدو فى تأملاته . تأملت خياله وهى تتذكر نهر الأحضان والقبلات التى إستمتعا بها طول الليل . كان نعيم الزواج نصيبها الآن ، وتمنت ألا تنسى أبداً مظلة الحب التى استدفأت تحتها .

نادته « حبيبى » .

ماان سمع صوتها حتى نهض وجاء إلى جوار ها فهمست فى إذنه «قبلنى».

كان الملك أسير جمالها وكلماتها . كانت قبلاته لها كالشهد على الشفاه وتمتعا معاً بأسرار الزواج الرائعة .

مرت الساعات ، لكن الزمن كان قد توقف عند الملكة الهائمة بحب الملك.

كانت رغبة الملك الوحيدة هى أن يخلق للملكة ولنفسه ذكريات ثرية تبقى فى قلبيهما إلى الأبد محفورة بعمق لا يمحوه الزمن أو البُعد . كان يريد أن يُشعل جذوة حبهما حتى لا يستطيع شئ أبداً أن يطفئ لهيبه . تكلمت الملكة وهى مستلقية بين ذراعيه « فيم كنت تفكر وأنت جالس إلى طاولتك هذا الصباح ؟ »

أجاب « أستيقظ باكراً فى معظم الأيام . انها عادتى أن أتفكر فى كتابات يهوه القديمة وأن أمضى وقتاً فى الصلاة . »

سألته « وفيم تأملت هذا الصباح ؟ »

« أعدت قراءة الأسفار حين خلق الله الرجل والمرأة وقال ليس من الجيد أن يكونا وحيدين . أما أكثر ما فتننى ، فهو انه قد وضعهما فى جنة عدن . »

نظرت الملكة إلى حبيبها متسائله « ولماذا أعجبك هذا الأمر ؟ أجابها « إن معنى عدن هو البهجة ، كانت فكرة الله أن يبدأ حياتهما بالبهجة . لقد سحرتنى هذه الفكرة صباح اليوم »

كانت الملكة إنسانة مفكرة ، تبحث فيما وراء المنظور ، باحثة في عمق أى موضوع . لابد أنها قد وجدت شبيهها فى سليمان . وإمتلأت إثارة لفكرة أن حبال الحب التى ربطتهما معاً ، كانا يستطيعان من خلالها إستكشاف أمجاد الرسائل الإلهية .

(٣٦)

كان الملك سليمان وعروسه قد عادا توا من مركب عُرسهما عبر شوارع أورشليم . تأثرت الملكة بفرحة المواطنين حين حيوهما . كانت تريد أن تحتفظ بتفاصيل تلك اللحظات المدهشة . تأملت فى الهودج الذى يقلهما فوجدته مصنوعاً من خشب أرز لبنان . كانت أعمدته من الفضة والظهر من الذهب والوسائد قرمزية . انها لن تنسى كيف أن مقاعده مشغولة بشغل الإبره الدقيق بيد بعض النسوة فى أورشليم . كان يرافقهما رجال ذوى مناصب أقوياء يحيطون بهما وهما يعبران المدينة . كان الناس دافئون ومرحبون . كان الإعجاب بادياً فى عيونهم وهم يمرون بينهم .

عندما عادا إلى القصر ، أمسك سليمان بيدها ، وسألها « أسنتناول عشاؤنا منفردين ؟ لقد شاركنى الناس فيك فى أول أيام عُرسنا »

إحمر وجهها خجلاً ، ووافقت وهى تنكر انها كانت تريد أن تكون معه فقط. ولم تكن جائعة على الإطلاق .

« حبيبى ، سألقاك فى حجرتنا . تناول وجبتك وسأنتظر عودتك . فى الوقت نفسه ، سأرتاح وأنتعش إستعداداً للمساء»

كانت ماريون تنتظرها، لتحمم الملكة وتعطرها بالزيوت العطرية والأطياب.

عند وصول سليمان ، كانت الملكة تنتظره بفارغ صبر . كان صوته يجعل قلبها يدق بسرعة. قالت له « إن صوتك حلو لى ، وأنت كلك تجلب لى البهجة .»

أجابها بكلماته الشعرية « أنت حديقة بهجتى ، تعالى إلىَّ بسرعة ». فى تلك الليلة ، كان لكل بيت فى أورشليم قصة مختلفة يرويها . فى بعض المساكن كانت العائلات مشغولة بالعناية بأطفالها . والبعض الآخر يعتنى بكبار السن الذين يعيشون معهم . والبعض الآخر يقوم بأعمال التنظيف فى نهاية اليوم ، والبعض يُعد لليوم التالى. ومع ذلك ، فلو تكلمت حوائط القصر لعجزت عن وصف الفرح الحقيقى والطرب الذى لا يتنهى اللذان ملآ حجرة الملك .

فى صباح اليوم التالى لم توقظ أشعة الشمس الملكة ، بل صحت على ضوء شمعة على مائدة عند النافذة . هذه المرة لم تقل شيئاً لحبيبها . ظلت تراقبه فقط . وجهه مرفوع وعيناه مغلقتان . كان ينطق بكلمات صلاة بين الحين والآخر . كانت تستمتع جداً بما تشاهده . أحياناً كانت ترتسم على شفتيه إبتسامه سلام ، كأنه إستمع تواً إلى سر جميل لم يتمالك أن يُخفى معه سروره . هذا الرجل كان حقاً قد وصل إلى علاقة حقيقية مع إلهه . وشعرت بإمتياز انها قد حصلت على مقعد فى الصف الأول لتشاهد حياته الخاصة . لم يدرى انها قد إستيقظت إلا حين مد يده ليتناول المخطوطات.

قال لها « يا حمامتى ، لم أُرَد أن أوقظك .»

قالت له « إن صحوت وأنا أنظر إليك يا حبيبى ، فإننى أصحو فى البهجة. تعال ضُمنى بين ذراعيك .»

إستند الملك إلى سريره وأخذها بين ذراعيه على صدره سألته « ما الحقيقة العظيمة التى كنت تتأمل فيها هذا الصباح؟ »

كان هادئاً وهو يداعب خصلات شعرها، كان مستغرقاً فى التفكير وهو يتأمل وجهها الجميل . لمس بيده وجناتها وشفاهها .

قال « إن غنى حبك يغمرنى ، ويلهمنى .»

أصغت الملكة باهتمام .

أكمل قائلاً « إننى لا أستطيع أن أكف عن التفكير فى أن عواطف حبنا العُرسى ما هى إلا إنعكاس لحب يهوه لنا . إن ثراء إتحادنا معاً على ما يبدو يرفعنى إلى علو جديد من الإعلانات عما يرجوه يهوه لنا».

صمت الملك ثانية وأسند رأسه إلى الخلف ، مغلقاً عينيه. كان يحتضنها وكأنها جزء منه . فإستراحت هى هناك بينما عقله يدور فى أماكن عذبة من الإعلانات الآتية من فوق .

❧

(٣٧)

عندما إستيقظت الملكة فى اليوم التالى كان الظلام لازال باقياً.
نظرت عبر الغرفة ، فرأت الملك جالساً بجوار شمعة هذه المرة
كان يكتب بريشته على ورق ثمين من دواة حبر ففكرت فى نفسها
أن هذا يبدو مختلفاً . كان يبدو متمهلاً فيما يكتبه .

ألهمها هذا أن تصلى هى أيضاً وتتأمل فى بعض الكتابات المقدسة
التى كانت تقرأها . لم تُرَد أن تجلس فتُقاطع تركيزه فظلت مستلقية
وعيناها مغلقتين وهى تُحس بحضور الله فى الغرفة .

لابد انها قد نامت ثانية ، لأنها عندما فتحت عيناها مرة أخرى كانت
الشمس تغمر الحجرة بنورها وسليمان يسير بسكون عبر الغرفة.
إبتهج عندما رآها تستيقظ . جذب كرسياً إلى جوراها وأمسك بيدها
.

بدأ كلامه قائلاً «ياحمامتى ، كانت هناك أوقات فى الماضى شعرت
بقرب يهوه منى وألهمنى كلمات حق بكثافة شديدة علمت معها أنه
يتعين علىَّ أن أكتبها على ورق . إن الحَكم والأمثال قد جاءتنى بهذه
الطريقة . انها ليست كلماتى ، بل كلمات سماوية موضوعة على
الورق .» صمت قليلاً ونظر إلى أعلى ثم أردف « هذا الصباح

بدأت أختبر هذا النوع من الزيارات الملهمة !»‬ .

شددت من قبضة يدها على يده ، وسألته بفضول شديد «‬ ما الذى ألَهمْتَ أن تكتب عنه ؟ »‬

«‬ كنت دائماً تلميذاً فى مدرسة محبة الله ، لكن يبدو أن يهوه يعطينى فهماً جديداً . اننى واقع تحت تأثير إكتشافات جديدة حتى وأنا قابع فى شرنقة حبى لك . فى إطار حبنا العُرسى ألمس باباً من الأعلانات ينفتح أمامى . إننى أمسك بفهم جديد . يهوه نفسه يحبنا كحب العريس لعروسه . قد يظننى الناس مجنوناً ، لكنى أجد نفسى ملزماً بالكتابة عن هذا الحب السخى . لابد أن أسجل الحقائق على الورق . أريد أن أعرف كيف يريدنى يهوه أن أصور هذا الجانب من قلبه . لا يمكن أن يحيا شعب الله دون أن يعلموا هذا. لابد لهم أن يعلموه . »‬

كم كانت الملكة تحبه، وترتبط بروحه المتقدة . كانت تفهم دوافعه ورسالته . لكنها لم تستطع أن تفهم فكرة تسجيل كلمات على ورق لتكون معبرة عن أقوالٍ مُوحى بها . وصمتت وهى تحاول إدراك هذا المفهوم الجديد .

قاطعهما قَرْعٌ على الباب ، فرد الملك من وراء الباب . فرد المرسال بأن أحد مستشاريه الموثوق بهم يود أن يمضى معه بعض الوقت بعد ظهر ذلك اليوم .

وافق سليمان .

تكلم الملك فقال «‬ أحياناً يصعب علىَّ أن أعود إلى أمور الحياة العادية حين أقترب من يهوه . ومع ذلك فأنا أعلم أنه معنا فى كل مناحى حياتنا .»‬

بعد ظهر ذلك اليوم ، قابل سليمان مستشاره وسأله بعدما جلسا معاً ما الذى يأتى بك إلى القصر فى ظهيرة هذا اليوم الجميل ؟ »

« كما تعلم يا مولاى ، فهناك العديد من المسائل التى يجب التعامل معها فى إدارة شئون هذه الأمة . البعض يشكك فى حكمتك بسبب زواجك من إمرأة أجنبية تعبد آلهة زائفة . »

غضب الملك بشدة مما سمعه « ربما كانت أجنبية ، لكنها لا تخدم آلهة مزيفة ، انها الآن من أتباع يهوه . »

« لا تغضب منى ، أنا فقط أريدك أن تكون على علم بالشائعات ، بعدما تعود لأنشطة الحكم ».

« إن ذلك قطعاً لن يحدث فى القريب العاجل . ليس فقط بسبب زواجى الحديث ، بل أيضاً لأن يهوه قد ألهمنى بالكتابة .

إننى واثق ان ما سأكتبه سيكون مُسَراً له . »

توقف المستشار فجأة عن الكلام . كان يعلم جيداً المَسحة الواضحة فى كتابات الملك المقدسة السابقة . ولم يكن ليناقش كلام الملك .

أكمل الملك « ربما إختفيت لبعض الوقت من المتاهة الضخمة لنشاطات الحكم . لأن لكل شئ وقت . وربما أذكرك أيضاً أن الملكة وأنا لم نكمل بعد اسبوعاً من إحتفالات ومآدب الزواج . »

أجاب المستشار وهو ينحنى ويستأذن فى المغادرة « اننى أفهمك تماماً يامولاى » .

قرر الملك أن يخرج خارجاً ليستنشق هواء نقياً . كان الجو حاراً

كالعادة والريح شديدة . كان من النادر أن تتعرض أورشليم لعاصفة رملية ، لكن الملك ميز شكل السحابات الغريبة على البعد . لم تتعرض أورشليم لعاصفة كهذه منذ عدة سنوات .

عندما قابل الملكة قال لها « سنبقى بالداخل هذه الليلة » كان عويل الرياح يمكن سماعه فى الخلفية « أحتاج أن أنذر العاملين بعاصفة محتملة . هلا أعلمتى ماريون بذلك ؟ »

أجابته الملكة « إن ماريون ليست هنا ، إنها بالسكن تدرس الكتابات المقدسة على يد بنيامين » .

قال الملك « حسناً ، أنا واثق أن بنيامين سيعتنى بها جيداً » .

لاحظت الملكة فى ذلك المساء ، إحباط الملك مما قاله له مستشاره وهى، إذ كانت تعرف جيداً صعوبات حكم أمة لم تقل شيئاً وهى ترقبه يروح فى نوم عميق .

غير أن الملكة لم تستطع النوم بسبب عنف الرياح خارج نافذتها قالت لنفسها على الأقل لست فى خيمة الآن ، وتذكرت بألم العاصفة الصحراوية التى تعرضوا لها وكادت تودى بحياتها. لم تستطع أن توقف سيل الأفكار المقلقة ، وجه ماريون ، ووجه الثور الذى للإله إلماقه وكلمات عمها هانام الساخرة . يالغرابة ذلك ، هكذا فكرت ، عندما ركعت لتصلى . كانت تعلم يقيناً أن الله هو حاميها ، وأنها لن تستسلم للخوف أبداً .

إستمرت العاصفة . وقلقت لأجل سلامة ماريون ، التى لم تكن قد عادت بعد . ورغم أن علاقتهما ببعضهما البعض لم تكن على ما يرام الا انها لم تكن تتمنى لها شراً . بعد ذلك ، عندما هدأت العاصفة

، هدأت أيضاً نفس الملكة . ونزل عليها سلام غير عادى . عادت إلى الفراش ونامت إلى جوار الملك .

فى اليوم التالى ، كانت أورشليم مغطاءة بملاءة من الرمل وبدت هادئة بالمقارنة مع الرياح الهادرة لليلة السابقة . سُمع قرع على باب القصر وكان بنيامين يطلب كلمة مع الملكة . إنزعجت من منظره الأشعث ، وهو مغطى بالتراب والعرق كان مع ذلك مصراً على الحديث معها فسألته « بنيامين، هل أنت مصاب ؟ »

قال أنا مُتَعبٌ فقط من ليلة عاصفةٍ . لقد إقتربت العاصفة وأنا جالس أتكلم عن يهوه مع موظفيك . وأخشى أن ماريون قررت أن تغادر قبل أن تزداد حدتها علينا .

« كانت دوماً تبدو غير سعيدة بلقاءاتنا ، كما تعلمين . وإنسلت خارجة قبل أن أستطيع إيقافها ، وهى تتمتم بشئ حول العودة إلى القصر . »

« لكنها لم تعد أبداً » قالت ذلك وهى تشعر بإنزعاج شديد .

« أعلم ، أعلم يا سيدتى . هذا الصباح ، عادت إلينا فى السكن حيث امضينا الليلة وحكت لنا عما حدث . فى طريق عودتها حاصرتها الرياح المتوحشة فلجأت مسرعة إلى بيت مهجور على جانب الطريق كان المبنى قديماً متداعياً وتأكدت انها ستهلك . فى خوفها ، نادت على يهوه لينقذها ، ونجت بإصابات طفيفة من الشظايا الساقطة .

« بعد إنتهاء العاصفة ، عادت إلى السكن، » توقف قليلاً عن الكلام محاولاً أن يتمالك نفسه ثم أكمل « وهى الأن قد أصبحت إمرأة

مختلفة . لقد عرفت إلهنا .« قال ذلك والدموع فى عينيه.

عجزت الملكة عن الكلام . بعد أن أمضت برهة تستوعب القصة ، أمسكت يدا بنيامين فى نوع من العرفان . وقالت » لقد إستجاب الرب لصلاتنا .«

إنضم إليهما الملك وسرعان ما إبتهج معهما . كان مسروراً بما سمعه . إن الله يعمل بطرق مدهشة .

عندما هم بنيامين بالمغادرة ، كان رجلاً آخر يقترب من المدخل .

كان يلبس ملابس سبأ وكان واضحاً أنه بحار . لمحته الملكة من فتحة الباب، فهُرعت لمقابلته .

قال وهو ينحنى أمامها » مولاتى ، لقد وصَلَتُ بالسفينة وسافرت لعدة أيام لأسلمك رسالة رسمية، غير أن العاصفة قد أخرتنى لكن ها أنا ذا أسلمك رسالة من آشور .«

أخذت الرسالة مسرعة والملك يراقبها. أمسك الملك بذراعها عندما تغير لونها وشحب وجهها . بعدما ساعدها على الجلوس وضعت وجهها بين يديها ولم تنطق بكلمة .

سألها الملك » ماذا فى الأمر يا حبيبتى ؟«

بعد صمت طويل قالت » لقد تعرضنا لعاصفة وعبرناها بسلام فى جدران القصر الأمنة ، وصحونا ليوم جديد . وها إن ماريون تبدأ حياة جديدة وها أن عمى هانام قد مات « كانت تحاول أن تفهم كيف تصلها تلك الأخبار فى وقت واحد . ملأ كيانها حزن وفرح بآنٍ واحد ومع ذلك فقد غمرها السلام .

(٣٨)

إستيقظت الملكة والملك أبكر من المعتاد . وكانت الشمعة الموقدة تنير الحجرة تقول أنه يكتب ويكتب ويكتب ...

إنتظرت بعض الوقت قبل أن تتكلم . أخيراً سألته « منذ كم من الوقت قد إستيقظت يا حبيبى ؟»

« لست أدرى ، لكنى إستيقظت وأنا ممتلئ إلهاماً وحماسة للكتابة ، وهكذا فعلتُ . كان الدافع بداخلى قوياً إلى حد إنه تحتم علىَّ أن أكتب ذلك على ورق . لابد أن ما أكتبه يهم يهوه جداً .

إن كلمات الحب البراقة تنساب بلا جهد على الصفحات وتفاجئنى كأننى لست أنا من يكتبها .

« قد تبدو الكلمات غير مناسبة لتوصيل العمق الحقيقى لمحبة الله . لكننى اليوم علمت ما علىَّ أن أفعله . إننى أكتب أغنية ، ولكنها ليست أغنية عادية، إنها ستكون أفضلهم على الإطلاق . إننى أتاثر كثيراً عندما أندمج فى القصة ، أغنية الحب للباحثين عن أسرار يستمتعون بها .»

حاولت الملكة أن تستوعب كلماته . وتساءلت إن كانت الشاهد

الوحيد على ميلاد كتابات مقدسة .

طلبت منه أن يقرأ لها تلك الكتابات .

أحضر كرسياً بجوار فراشها وراح يقرأ لها فى ضوء الشمعة المتراقص . لم تتوقع قط أن تسمع كلمات بهذا الغَنى. وعرفت حب الله الشديد لها ، لكن هذا الإلهام المنساب من قلم الملك ، لم تكن حتى لتُخمن أنه موجودٌ . مضت من عمق إلى عمق وهى تستمع وتستكشف الحب الإلهى بين السطور .

على الصفحات كانت تنساب رسالة الملك التى كان يأمل أن تعلن حب الله الذى لا يدرك لكل من يفتحون قلوبهم له . كان يتأمل حياة شعبه ويتمنى بكل قوة أن يصيغ قصة تأسر قلوب كل من تؤثر فيهم الحقيقة الكامنة بين صفحاته . وكان يرغب فى أن يحافظ على المكتوب إلى الأبد لكى تصل الرسالة الملهمة لكل من يقرأها .

كان سليمان يستيقظ باكراً كل صباح ليكتب أشعار الحب التى بات الآن يدركها بمنظور أوسع، أكثر من أى وقت مضى ، كان يصحو منتظراً أن يستكشف المزيد من هذا الكنز الجديد بداخله وأن يسجل جماله على الورق . كان يزدهر فى هذا المجال وفى الوقت نفسه يستمتع بحياته مع الملكة . تمنى لو عاش أبداً على قمة كهذه من المتعة المقدسة ، فى جنة من الوضوح السماوى ، وأن يعاين أفراح وحب الأبدية .

كان متعتهما أن يقرأ لها على ضوء الشمعة ما سطره فى كل صباح وكانت تستمع للكلمات الشعرية وتتمتع بروعتها التي تدخل قلبها بكل سهولة .

كانت الملكة خير مستمع للملك . تفهم وتهضم كلماته الحكيمة وأمثاله . وكانت هذه الحقائق كطعام لذيذ وهي كانت تتلذذ بكل لقمة منها . مع كل كلمة تسمعها كانت ترى جزءاً من حبيبها تطفو فى كلمات القصة . كانا يتناقشان فيما يكتبه عن الأسرار الكامنة فى أنشودة الحب المتبادلة بين العريس وعروسه فى هذه القصة .

تحولت الأيام إلى أسابيع ، لكن لم تتغير عادتهما . وكانت الملكة تشعر بالإمتنان والاتضاع ان كانت قد تباركت بالملك خلال هذا الوقت الفريد كم ستدوم يا ترى أيام السماء على الأرض تلك؟ لم تكن تعرف . كان الطريق أمامها مليئاً بالمجهول .

لكنها علمت أن عليها أن تحنفظ في نفسها بقوة تلك اللحظات المقدسة ، حتى لا تفارقها ذكراها أبداً فقد علمت كيف تُقاس الحياة. وحتى لو لم يُتح لها أن تعيش وقتاً آخر كهذا ، فقد إستطاعت أن ترى لمحة من الأبدية .

(٣٩)

ذات صباح ، صحت الملكة لترى الملك وخياله على النافذة، واقفاً ينظر إلى اورشليم .

نادته « حبيبى »

سار اليها وجلس على طرف الفراش . قال الملك « لدى شئ أخبرك به . لقد إنتهيت من الكتابة . لقد أكملت كلمات النشيد . »

قالت مبتهجة « لقد أنهيت عملاً بديعاً ، عبرت فيه ببراعة عن أعظم حب على الإطلاق »

أكمل سليمان كلامه وقد أسعدة مديحها « أصلى أن تكون أجمل أغنية حب على الإطلاق . سوف يكون هناك من يقرأونها فيستخرجوا منها حكمة عن الزواج ، وهذا طيب وحسن والبعض الآخر سيقرأونها كمجرد قصة أو تصدير رمزى عن حب بين عريس وعروسة . وقد يظن البعض إننى كتبت قصة عن حياتى الخاصة . لكن أفضلهم، ومن خلال إعلانات النشيد، سوف ينهلون الحق من كل ما يقرأونه. ليت هؤلاء يتغيرون بقوة معرفة يهوه ليعلموا أنه عريسهم وأنه

يحبهم كحب العريس لعروسه . فمياه كثيرة لا تستطيع أن تطفئ المحبة .»

أحست الملكة بجمرات الحب الحارة فى قلبها نحو الملك . كم كانت حميمية تلك اللحظات التى تشاركا فيها ! خلال وقتهما القصير معاً فقد تبادلا خبرات عميقة أكثر مما يفعل أغلب الناس خلال حياة بأكملها . ذهبت اليه وقبلت جبينه وشفتيه .

قالت له «لنذهب هذا المساء إلى مكانك المفضل .»

«بالطبع ، بالطبع ياحمامتى ، سوف أجعلهم يُعّدون العربة»

كان يوماً جميلاً فى أورشليم ، عندما وصلا إلى مكانهما المختار وضع الملك يده على كتف الملكة وهى ألصقت نفسها به .

قال مداعباً إياها «أشكر الله أنه لا توجد قصة حزينة فى زيارتنا اليوم كما كان يحدث فى المرات السابقة حين كنا نأتى إلى هنا .»

ضحكت الملكة لكلامه .

ثم أجابت وهى تداعبه بدورها «أتود أن يكون هناك بعضاً منها ؟»

قال وقد بدت عليه التسلية «نعم ، فقط لوكانت نهايتها جيدة»

بعد لحظات من الصمت قالت له «هناك شئ أود أن أشاركك فيه»

نظر إليها محاولاً أن يستشف ما وراء ملاحظتها .

قالت « لقد حلمت حلماً ليلة أمس . »

تذكر الملك آخر مرة كانا فيها فى نفس المكان . وقتها بدأت الملكة كلامها بنفس الطريقة . وكانت نتيجة ذلك أن قالت نعم « سأصبح زوجتك » وتمنى أن يتبارك الآن بالحلم الجديد .

أكملت الملكة « إن الطريقة التى بدأ بها حلم ليلة أمس لم يكن مثل الحلم الآخر . كنت فيه أبحث عمن أحبه إننى أعلم الآن على الأقل من يكون ! »

قال الملك وهو لازال مرحاً بشقاوة « أنا ممتن لتأكيدك ذلك »

أكملت« يبدو اننى أمضيت الليل كله أبحث عنك عبر المدينة كلها ، والطرقات ، لكنى لم أستطع أن أجدك . »

إقترب اليها وقد بدا أكثر جدية .

« كانت نفسى تهفو إليك ، ناديت لكنك لم ترد ، فناديت عليك ثانية . ثم من خلال صمت الليل جاء صوت طفل . إلتفت فوجدت طفلاً ناداني قائلاً » أمى فجاوبته « مَنلَك » ورأيت عليه رغم صغر سنه روحاً بطولية . كان الروح الذى فيك هو أيضاً فيه . »

إمتلأت عينا الملك بالدموع ، ومسحت هى وجهها وهما يحتضنان بعضهما البعض .

ثم أنهت كلامها عن الحلم قائلة « كنت مرتاحة لوجوده إلى جوارى » فاضت مشاعر الملك ، وود لو سألها لو كانت قد رأته فى الحلم ، لكنه لم يجسر أن يسألها لم يكن قلبه مستعداً بعد لقبول الأمر الواقع .

جلسا معاً يشاهدان الشمس حتى غابت . ثم أقفلا عائدين إلى القصر آملين أن يبلغاه قبل الظلام .

توقفت العربة أمام أبواب القصر . وساعد الملك الملكة على النزول فوقفت وأمسك بيدها . فيما هى تحاول إنزال قدمها عن العربة علقت فى حافتها وكادت تقع ، فلحق بها الملك وأمسكها قبلما تطير لتقع على الأرض ، حملها بين ذراعيه. رأت نظرة الخوف فى عينيه. تجمد هو فى مكانه وتمسك بها كأن حياته كلها كانت تعتمد عليها.

إنتظرت . ثم نظرت اليه وقالت «‏ يمكنك أن تتركنى الآن .‏»

صدمته كلماتها كحجارة ثقيلة ألقيت على قلبه .

نظر اليها وسألها «‏ ماذا قلت ؟‏»

«‏ قلت يمكنك أن تتركنى الآن .‏»

وضعها بسرعة على الأرض . أمسكت بيده وسارت نحو القصر .

إضطرب الملك بشدة لكلماتها . كأن ما قالته يحمل رسالة مشفرة له تخبره بإنه يجب أن يدعها الآن تمضى حتى تستطيع أن تقف على الأرض ثانية. فى ثنايا كلماتها كان هناك صوت خافت يقول أن عليه أن يدعها تذهب إلى مستقبلها بكل ما يحمله ، إلى حيث تقودها الأقدار . وظلت الرسالة المشفرة عالقة بذهنه عدة أيام . لم يستطع أن يمنع نفسه عن التفكير فيها ، كأنما سكنته وإستولت عليه حتى لو تدرك هى ما حدث ، إستقرت فى قلبه بشكل أحس معه أن يهوه قد كلمه من خلال كلمات الملكة .

إن قوة تلك الرسالة لم تتعارض قط مع اللحظات العزيزة التى

أمضياها معاً . كان واثقاً انه يود لو عاش معها إلى الابد ولا يمل من حبها . كان يعلم ان سر عمق علاقتهما هو إشتراكهما فى خبرات متشابهة أى دعوة قيادة شعبيها بإعتبارهما أفراداً منهم . لقد قالت الملكة فى الحلم انها وجدت سلوتها فى إبنهما حين لم تجد حبيبها . وأحس بضعفه يزداد فكيف يعرف الراحة فى غيابها .

(٤٠)

إستمرت بهجة أيامهما معاً . كان يوماً جميلاً فى أورشليم ، وكانت الملكة عائدة لتوها من أسواق شوارع أورشليم الصاخبة . كانت تجد الخروج بالعربة المصرية باعثاً على الحيوية والطاقة . واليوم إستمتعت بوقتها بمفردها لتفكر خلال ذهابها وعودتها . ساعدها الخدم فى حمل لفافة أحضرتها معها إلى القصر .

حياها الملك فى الحال قائلاً «لقد إفتقدتك ، رغم إبتهاجى بأن أراك تستمتعين بالخروج فى هذه المدينة التى أحبها »

قبلته على خده وقالت له « اليوم يوم جميل ، هل أستطيع أن أقنعك أن تتناول عشاءنا فى الفناء حتى نستمتع بسماء الليل وسحرها ؟»

« ياحمامتى ، تستطيعين أن تقنعينى بأى شئ !» إبتسم متوقعاً أمسية فى الهواء الطلق .

ساعدتها ماريون على الاستعداد للسهرة. فيما مضى كان علاقتهما مجرد علاقة عمل لكن علاقتها بالملكة قد تغيرت على ما يبدو بين عشية وضحاها. كانتا تصليان معاً وتتحدثان عن مستقبل سبأ المشرق .

قالت لها «ماريون ، لا أظن أننى شاهدت تغيراً مثل الذى حدث معك . وجهك وتصرفك وحتى قلبك الممتلئ فهماً كل هذه لا تخطئها العين اننى اتمتع بشدة بتواصلنا معاً بقلوب مفتوحة »

أكملت الملكة «أتذكر أننى سمعت الملك يقول أن الله يجعل كل الأمور تعمل معاً للخير . الآن أفهم هذه الحقيقة بشكل جديد تماماً ».

ردت ماريون بمرح «لم أختبر قط تغيراً فى العلاقة مع أحد بمثل هذه السرعة ! لوقت قصير ظننت اننى أكره أبيجايل لعدم قدرتى أن أكون فى مثل مكانتها عندك . لكنى أثق الآن أن لى مكاناً خاصاً فى حياتك ، وانه ليس علىَّ أن أقارن نفسى بها .

«فبرغم كل شئ ، فقد تشاركنا فى أشياء كثيرة معاً ، وهو شئ أعتزُ به. كنت معك عندما أوشكت أن تموتى ، وحين وقعت فى الحب ، وحين أحببت يهوه للمرة الأولى هذه ليست أحداثاً بسيطة . وحتى لو كانت ، فذلك لا يهم » .

ابتسمت الملكة وقالت «كانت هناك أوقات تساءلت فيها إن كنا قد قمنا بالإختيار الصحيح حين طلبنا منك أن تسافرى معنا لكنى لم أكن قط واثقة أكثر من الآن ان هذا كان قراراً سليماً. انك لم تصبحي فقط صديقتى العزيزة، بل يوماً ما حين نعود إلى سبأ ، سنكون شريكتين فى أقدارنا .. ستكونين شخصا مهماً فى المهمة الموضوعة أمامنا سيكون العمل مليئاً بالتحدى، لكننا سنكون تعضيداً كل واحدة منا للأخرى»

دخل الملك والملكة إلى الفناء وأيديهما متشابكة. تمتعا بكل طبق من

طعام القصر وضحكا معاً وهما يتناقشان فى أمور دنيوية ، لكنهما بشكل أساسى إستمتعا بوجودهما معاً. تأملا الغروب وإستمعا إلى أصوات العصافير حتى ساد سكون الليل .

فكر الملك فى كم كانت جميلة فى ضوء القمر وهو يتأملها قالت له « حبيبى، إننى أتأكد يوماً بعد يوم بأننى أحمل طفلاً فى أحشائى .»

كانت مباشرة وصريحة حتى إنه لم يسمع ما قالته فأعاد الكلمات فى ذهنه إنها حامل ! هذا معناه انها تحمل نسله فى داخلها ! .

« حبيبتى ، هذا إعلان كان يستحق أن يُستقبل بنفخ الأبواق! فهل ما سمعته صحيح ؟ هل أنت حامل ؟ » .

« أنا متأكدة »

سَعَى إلى إحتضانها من شدة فرحه ، فأوقع إناء الماء فوقع وإنكسر محدثاً صوتاً عالياً مقاطعاً تلك اللحظة الخاصة .

أمسك الملك بيدها بدلاً من ذلك وجلس قائلاً « أعتقد اننى قد إستقبلت الخبر بضجيجى الخاص .»

كانت الملكة قد فكرت فعلاً فى جميع إحتمالات هذا التطور. إن روعة هذه العطية قد تطورت إلى تحليلَ وتدقيقَ لحقائق الطريق أمامها لذا فعند هذه النقطة أصبحت جادة وعملية لكنها لم تَرَد أن تطفئ فرحة الملك وحماسته بما كانت ستقوله له .

إمتلأ الملك أفكاراً « سيكون علينا أن نرتب لمولد الطفل سوف ندربه فى كل طرق يهوه ! سنعلمه كيف يحكم أمة »

صمتت الملكة .

وصمت الملك بدوره ، مُلْجماً أحلامه .

جلسا ساكنين يمسكان بأيدى بعضهما البعض .

نظر الملك إلى أعلى ، إلى سماء أورشليم، لم يكن قادراً على الهروب من الحقائق التى يواجهها بغير ترحاب. أمامه كانت تجلس حبيبة عمره وراح يفكر فى طرق يجعلها بها تتخذ أورشليم كبيتها ووطنها .

سألها « يا حمامتى ، ألا تفكرين فى البقاء معى إلى الأبد؟» إنشرخ صوتها وهى تقول « للحظات مجيدة قد فعلت » هزت رأسها وأكملت « لكنى علمت أن هذا لن يكون قراراً سليماً »

تذكر حلمها وتذكر الرسالة المبطنة التى دفنها فى أعماق نفسه . أكملت الملكة « أعتقد انه من الأمن للطفل أن اسافر فى أقرب وقت . لدى فرصة ضيقة للوصول إلى سبأ قبل الوضع لقد وصلت الى إستنتاج انه أمن للطفل أن يسافر فى أحشائى عن أن يقوم بهذه الرحلة الخشنة الشاقة بعد ولادته وإن بقيت ، فسوف أتأخر سنة أخرى عن سبأ ،بيتى وبلدى»

سألها الملك « لكن ماذا عن سلامتك ؟ إن كان لابد لك من العودة فسوف أرسل معك أفضل أطبائى . وسأرسل معك أفضل داياتنا إننى مشغول للغاية بأمر سلامتك وسلامة الطفل .»

قالت الملكة « نعم ، سيكون هذا امراً طيباً »

كان عليهما كليهما أن يقبلا بالأمر الصعب بأن يفعلا ما هو صواب

، حتى كان كل شئ بداخلهما يود لو استطاع تجنب ذلك. دفعهما الخدر الذى أحسا به بسبب تلك الحقيقة ، إلى الصلاة بهدوء ليهوه طالبين سلامه ليكملا ما إرتئيا انه أفضل ما يجب عليهما فعله .

تساءل الملك عما تبقى له من فرص لقضاء أمسيات كهذه مع الملكة . لم يُرد لأنباء رحيل الملكة أن يُفسد عليهما بهجة خبر الحمل كان يريد ان يسمعها تضحك ثانية قال لها و هو يأمل ان يدفعها الى الكلام « إذاً ،فسوف أعود معك إلى سبأ. »

فردت عليه مازحة «إذاً،فسوف تختبئ فى صندوقى حتى نصير على الجانب الآخر من موآب؟»

« نعم وسأخرج فى الليل ، ولن يعلم أحد قط » .

ضحكا معاً وكان قد حقق هدفه ربما لو كان بامكانهما أن يضحكا معاً فلن يفكرا فى الامر المحتوم .

(٤١)

جاء يوم الملكة الأخير لإقامتها فى أورشليم أسرع مما توقعوا إتحد جميع خدم سبأ لإكمال عدة الرحيل واستمر سليمان فى إرسال مؤناً لهم وطعاماً وأشياء قد يحتاجونها خلال رحلتهم الطويلة إلى سبأ وأرسل معهم رجالاً يستطيعون أن يعلموا شعب سبأ عن طرق يهوه من خلال نسخ من الكتابات المقدسة التى أخذوها معهم وسيكون معهم أطباء ودايات أيضًا وأعطاهم سليمان كل ما أعتقد انه يساعد على راحتهم .

جاءت الليلة التى لم يُرد الملك ولا الملكة أن يعترفا بها، لقد كانت هنا أخيراً. في ليلتهم الأخيرة معاً لن تكون هناك مأدبة ولا إحتفالات بنهاية رحلة الملكة فى أورشليم، كان الملك قد أمر بعشاء خاص لهما منفردين فى حجرة الطعام الخاصة بالقصر .

جلسا إلى مائدة الطعام الصغيرة الأنيقة يتأملان بعضهما البعض عبر الخيالات الرقيقة للشموع المشتعلة ، يتكلمان ويأكلان ويتشاركان فى أفكارهما للمرة الأخيرة. كان الموسيقيون بالحجرة المجاورة يعزفون ألحاناً سماوية تنزل على قلبيهما برداً وسلاماً .

كانت الملكة أسيرة حب الملك تماماً كما كانت حين جلسا لأول مرة

فى نفس هذه الغرفة. أحضرت اللفافة التى جلبتها معها إلى العشاء ووضعت محتوياتها أمام الملك وإنتظرت لترى ردة فعله. كانت غطاء فراش جميلاً ومشغولاً وكان بين الخطوط المشغولة صورة للملكة أبدعتها فنانة ما ببراعة أوجدت بها شبهاً كبيراً مدهشاً بالملكة .

‹‹ حبيبى ، لقد أردت أن أهديك شيئاً يُذَكِّرّك بحبى لك وحين تقرأ وتصلى بقرب لهب الشمعة ، دفئ نفسك بوضع هذه على رجليك. وفى الليل إن بردت فإلتحف به حتى يذكرك دفئه بقرب قلبى لقلبك. لقد جعلت الفنانة تغزل بعضاً من شعرى فى ثناياه حتى يظل جزءاً منى دائماً معك ››

أخذ الملك الغطاء وضمه إلى وجهه وقال ‹‹ ياحمامتى ، اننى لا أجد كلاماً أقوله ››

عُزف اللحن المؤلف على شرف الملكة . نظر الملك اليها محاولاً أن يجمد صورة تلك اللحظة فى عقلة وقلبه وقال ‹‹لقد أمرت أن تركبى الهودج الملكى خلال عودتك إلى سبأ حتى كلما ركبتيه تتذكرينني . ››

تذكرت الملكة أول مرة ركبا الهودج كزوج وزوجة وطافا به فى شوارع أورشليم وتذكرت كل التفاصيل الدقيقة لصناعته وتذكرت الكتابات المقدسة التى كان يقرأها لها الملك على ضوء الشموع وإزدحمت الذكريات فى ذهنها .

قالت وهى تذوق رحيق كل لحظة معه ‹‹ لقد أعطيتنى هدايا ثمينة كثيرة جدا. سوف أذكرك دائماً لقد أعطيتنى حبك وعلمتنى طرق

يهوه ، والآن قد أعطيتنى ابناً ، ووارثاً لعرشى .»

« وانت ياحمامتى ، انت الملكة التى ستكون أماً رائعة لإبننا وأنا واثق انك ستربينه فى طرق يهوه وأنا ممتن لهذا إلى الابد. » وراح يتأمل فى أول لحظة قابلها فيها وفكر فى اللحظة التى رقدت بلا أنفاس على أعتاب الهيكل. لن تكون هنالك قط إمرأة مثلها أبداً كان يرى كم كانا مناسبتين بشكل كامل احدهما للآخر .

أحضر علبة موضوعة على المائدة فتحها وأمالها لترى ما بداخلها فانحنت الملكة لترى خاتماً ذهبياً بداخلها « خذى هذا ياحمامتى، وإعطيه لإبننا كان هذا يخص والدى الملك داود على أمل أن يأتى إبننا يوماً إلى أورشليم مرتدياً هذا الخاتم فى إصبعه فأعرف أنه هو من خلال الخاتم .»

قالت « بالطبع ، بالطبع . سوف يكون ملكاً حكيماً كأبيه ، ونعم ، سوف أربيه فى طرق يهوه »

تذكرت الملكة حلمها كان الفتى فى الحلم يشبه أباه بشكل واضح ومع ذلك فقد تذكرت أيضا انها فى الحلم لم تجد حبيبها ولم تعلم إن كانت سترى الملك مرة أخرى أم لا .

بجوار علبة الخاتم لاحظت الملكة وجود جراب جلدى مزين فى نفس الوقت ، تناولة الملك ودفعه لها قائلاً « أريدك أن تأخذى هذا أيضاً » وفتح الجراب فرأت إطاراً ذهبياً يحمل المخطوط الذى يحتوى على النشيد الذى كتبه الملك وكان محفوراً عليه « نشيد سليمان » تناولت الملكة المخطوط وضمته إلى قلبها وتذكرت أول مرة قرأ لها ما كتبه فى هذا النشيد .

٢٢٢

وقف الملك « أتسمحين لى أن أرقص معك للمرة الأخيرة ياحمامتى ؟ »

إستسلمت لذراعيه وقيادته وأحست بأنها فى اكثر لحظة متناغمة رائعة يمكن أن يعرفها شخصان ، ولم تكن ترغب أن تنتهى أبداً. أتراها كانت فى حلم أم مجرد متلقية لهبة الحب تلك ، هكذا تساءلت وهى تحتضنه وينظران كل منهما فى عينى الآخر ويتبادلان الكنز الثمين الذى وجداه كل واحد فى شريكه .

ظلت شلالات الحب بينهما تنهمر حتى بكى الملك ورغم عجزه عن قول الكثير فقد نجح فى أن يقول لها « ياحمامتى تعالى نمضى إلى يهوه معاً » ركعا فى منتصف الغرفة ، ملك وملكة على ركبهما أمام الشخص الوحيد الذى يستطيع أن يريحهما وظلا هناك حتى قدرا على أحتمال الدرب الماثل أمامهما. الله وحده كان يدرك عمق حبهما ووحده كان قادراً على ملء الفراغ الذى سيعرفانه عند إفتراقهما.

على تلٍ عالٍ يشرف على المدينة ، فى عزلة حجرته ، وقف الملك سليمان بجوار النافذة بدموعه المنسابه على وجنتيه أمسك بالغطاء المشغول وهو يراقب فى صمت القافلة تختفى خلف الأفق البعيد .

لقد مرت الأشهر سريعاً جداً . وإستعادت الملكة أصوات القافلة الضخمة التى كانت تُقلّها فى ترحالها إلى أورشليم . لكن هذه المرة فإن القافلة تأخذها إلى سبأ وقد أصبحت إمرأة مختلفة .

وإذ كانت جالسة فى الهودج سمعت المدينة تحييها بحرارة وهى تعبر طرقاتها. كانت مغمورة تماماً بمشاعرها الفياضة المتصاعدة أتراها تغادر حقاً ؟ مرة أخرى لم يعد شئ يبدو حقيقاً. قبضت على

علبة صغيره بيدها ، تحمل الخاتم الذى سيلبسه ابنها يوماً ما . لقد نالت حب زوج ، وهبة طفل وهى فى أورشليم . ومع ذلك فإن أعظم كنز نالته كان الكنز الذى ودت ان تشاركه مع كل إنسان فى سبأ. كانت تريد أن تخبرهم عن حب الله العظيم الذى عرفته ، يهوه ، الإله الوحيد الحقيقى .

خاتمة

بعد أكثر من ثلاثين سنة، فى قلب مدينة أكسيوم، وهى مركز مزدهر لتجارة سبأ في القصر الذى أصبح مقراً للعائلة الملكية قالت الملكة وهى تنظر إلى الحدائق الغناء لابد أن هذا هو أجمل الأيام منذ إنتقلنا إلى هنا .»

كان منليك يعبد أمه حباً ويشكر الله انها لازالت بصحة جيدة. كان ممتناً وشاكراً وهو يجلس إلى جوارها. إن كل ما تعلمه عن الله وعن كيفية الحكم، قد تعلمه منها .

قال لها «أمى إننى لم أراك قط سعيدة هكذا ، انك صورة حية للسعادة .».

أجابته «نعم ، إن حياتى ثرية ومشبعة أكثر مما توقعت ابداً» إلتفتت إلى منليك الذى يشبه أباه تماماً «كم أنا فخورة بك إنك ترتدى الحكمة كتاج ، وقد كنت سبب فرحتى منذ يوم ولادتك »

« أمى ، إنك تدللينى بكلماتك حتى بعدما جعلتينى ملكاً.»

أجابته وهى تداعبه «لن أمل أبداً من تدليلك »

أكمل منليك قائلاً «من الواضح أن السماء كانت راضية عن قرارك

بنقل عاصمتنا عبر البحر الأحمر إلى هذا الموقع الجديد. إن رغبتك فى إنشاء مدينة مؤسسة على مبادئ يهوه قد جلبت بركات كثيرة ، سـلاماً وبراً وفرحاً قد تلاقت كلها هنا »

أجابته « لقد أحسن الله إلىَّ كثيراً بشكل لا يوصف من خلال كل التجارب والنصرة ، كان يتمم خططه العظيمة إن أمانته لسبأ واضحة للجميع »

فجأة من بين جنبات الحديقة ، جاء إليها فرحها المتجسد يعدو. قال الصبى « جدتى ! تعالى معى! لدىَّ ما أريك إياه » قامت بسرور وأعطته يدها وهى تقول لمنليك « الواجب ينادينى » ثم مضت وهو يقودها عبر ممرات الحديقة .

«أنظرى ياجدتى ! أنظرى إلى النمل الذى وجدته أنهم يعملون بقوة رغم أن لا احد يدفعهم إلى ذلك لابد أنهم قد خزنوا الكثير من الطعام »!

ضحكت لكلماته وهى تلمح فى وجهه ترديداً لملاحظات سليمان الذكية .

نظر إليها الصبى وهى تضحك فقال لها « أنت أسعد مخلوق رأيته . أخبرينى ما هو سرك ؟»

قالت له « تعال، اجلس بجانبى على أريكة الحديقة » جلسا معاً وبدأت هى تشرح له وتجيبه .

قالت وهى تشير إلى فراشة عابرة « أنظر ، إن طلبت الله وحكمته ، فمهما كانت الصعوبات التى تحاول أن تلتف حولك ، فإنك ستفلت

من شرنقتها وتصير حراً مثل تلك الفراشة ! وستكون سعيداً مثلى
«

أشرق وجه حفيد الملكة وهو يستمع لهذ الكلمات، جلست وراقبته
وهو يعدو خلف الفراشة عبر الممرات .

ملأت نسمات الهواء العليل الحجرة ، بينما كانت أبيجايل تعد الملكة
للنوم . قالت لها الملكة «أبيجايل ، لقد كنت دوماً مصدر سعادة لى
، والآن فى سنَ الستين ، لازلت بجانبى . إنظرى إلينا ، لقد كبرنا
، ومع ذلك لم تكن أرواحنا قط أقوى مما هى عليه الآن . لقد ربينا
أولادنا معاً وهم الآن يعملون على أن نجد كل ما نحتاج إليه »

تحسست أبيجايل بحب القلادة التى كانت الملكة قد أعطتها لها منذ
سنوات بعيدة خلت « سيدتى ، سوف أرتدى هذه إلى يوم أموت ،
كعربون أبدى على صداقتنا الباقية »

قالت الملكة « أتذكر يوم أعطيتك إياها . فى الليلة السابقة على ذلك
اليوم ، حلمت الحلم الذى أنقذنى والذى غير حياتى إلى الأبد »

أشرقت أبيجايل وهى تقول « كم غَيرنَا حبه ! » « ثم أردفت وهى
تساعد الملكة على الدخول فى فراشها « ماذا أقرأ لك الليلة ؟»

تغضن جبين الملكة وهى ترفع حواجبها «أرجوك إقرأى لى نشيد
سليمان »، هكذا أجابتها وهى تتناول الجراب الجلدى المزين
الموضوع بجوار فراشها .

« أعلم أن قلب الملك سليمان لم يكن كاملاً نحو الهه فى شيخوخته
وكان أكثر الأوقات حزناً فى حياتى حين بدأت أسمع أخبار زوجاته

الأجنبيات اللائى حولن قلبه عن الله »

كانت الملكة تمسح بيدها على المخطوطات وهى تتكلم « إن الكلمات التى توشكين على قراءتها لى ستبقى إلى الأبد لقد مضى حبيبى سليمان إلى السماء منذ أكثر من خمسة عشرة سنة وأنا متأكدة ان كل الخير الذى جعله الله فى قلبه خلال حياته سيظل حياً دائماً .

« نعم ياسيدتى ، واثق أن لقاءً رقيقاً سيجمعكما حين تلقيان فى الأبدية »

نظرت أبيجايل إلى الملكة ، فرأت إمرأة ليس لديها ماتندم عليه ، بل كان وجهها يعكس نوراً لا ينبع إلا من قلب شاكر . إستمرت تقرأ لها من النشيد المقدس ، حتى لاحظت ان الملكة قد إستغرقت فى النوم وإبتسامة تعلو وجهها عندما لاحظت العلبة التى كانت تحوى الخاتم الذى أعطاه سليمان لإبنه ، بين يدى الملكة .

جاءها نداء خافت من إبنتها « أمى ، لقد نامت الملكة ، فتعالى فإن أبى ينتظرك » غادرت أبيجايل بهدوء وأغلقت الباب خلفها .

كانت ليلة رائعة. وجلس منليك فى الفناء محدقاً فى البدر المكتمل وإبنه على حجره كان ضوء القمر يحتضنهما بدفء وينير الليل .

«أنظر يا أبى ! هاهى أجمل فراشة ! أيتها فى حياتى إنها تطير نحو السماء ! .

» لقد قالت لى جدتى اننى إن بحثت عن الحكمة كأنها كنز ، سأكون حراً كفراشة وجدتى ملكة ! قال ذلك بكل فخر .

نظر منليك إلى السماء ، وهو مستغرق فى التفكير والدموع تنهمر من عينيه « دعنى أرى وجهك يابنى « نظر الصبى إلى عينى أبيه

الذى أردف قائلاً « تذكر دوماً كلماتها لك . انها تقول الحق » .

❧

قال يسوع هذه الكلمات وهو يخاطب الجموع ، وهو الذى كانت عيناه هما عينا ابن الله ، وأذناه أول من تسمعان كلمات الآب ، ومع ذلك فبسبب قساوة قلوبهم لم يستطيعوا أن يميزوا أن مخلص العالم كان فى وسطهم .

« ملكة التيمن ستقوم فى الدين مع رجال هذا الجيل وتدينهم لأنها أتت من أقاصى الأرض لتسمع حكمة سليمان وهوذا أعظم من سليمان ههنا » (لوقا ١١ : ٣١) .

لا يسعنى إلا أن أصف عملية توصيل النقاط ببعضها للمعلومات التى طفت إلى السطح حول ملكة سبأ عبر القرون، إلا بكلمة واحدة « مدهشة » إن علماء ومؤرخون وشراح دينيون كلهم قد ساهموا فى غَنى المصادر المتاحة الآن .

لقد حاولت فى هذه الرواية أن أبرز حقائق حياتها من خلال الخيال ، ناسجة من خلال أحداثها بعضاً من الأساطير التى رُويت عنها .

غالباً فإن حُكمها كملكة قد بدأ فى مأرب ثم فى عاصمة سبأ فى المكان المعروف اليوم باسم جنوب جزيرة العرب ويقترح بعض العلماء أن اليمن هى المكان المحدد ومن هذا المكان يكون طول رحلتها أكثر من ١٤٠٠ ميل .

فى ٢٠ سبتمبر ٢٠٠٠ قدم مايك ثيودولو بحثاً لجريدة الكريستيان ساينس مونيتور عنوانه « آثار ملكة سبأ تحت تراب العصور القديمة » يناقش فيه موقع معبد محرم بلقيس بالقرب من مدينة مأرب القديمة . كشف الرادار عن أن الهيكل المدفون نصفه تحت الرمال ، « أكبر مما توقع مما يجعله أكبر أثر سابق للعصر الإسلامى فى العالم العربى ... كانت مأرب عاصمة مملكة سبأ المعروفة أيضاً باسم سبأ أنها أغنى المواقع الأثرية فى اليمن وإن أسفرت الحفريات فى محرم بلقيس عن كنوز سبأ ، فإن ذلك المعبد قد يكون يوماً ما سبباً فى رواج السياحة إلى اليمن مثلما فعلت الأهرامات لمصر . »

كتب آدم كلارك فى شرحه للكتاب المقدس عن ملكة سبأ ما يلى :

« كان الأحباش لزمن طويل يُقَّرون بأن هذه الملكة ليس فقط قد

تعلمت من سليمان عن الدين اليهودى ، لكنها قد رسخته أيضاً فى مملكتها وإمبراطوريتها عند عودتها ، وأنه كان لها ابن من سليمان يُدعى منليك (ينطق أيضاً مينليك) الذى خلفها فى حكم المملكة ومنذ ذلك الحين ، فقد حافظوا على الدين اليهودى حتى اليوم «١ (كلارك ، ٤٩٤ – ٤٩٥) .

بحسب التقليد الإثيوبى ، فقد تزوج سليمان وملكة سبأ وفطن بعض المؤرخين أن سليمان لم يصبح متعدد الزوجات حتى وقت متأخر فى حكمة ، بعد زيارة الملكة بحسب النص الكتابى ، فإن زوجة سليمان المصرية كانت نتيجة حلف مع فرعون ، ملك مصر وهو موجود فى (١مل ٣ : ١) مباشرة بعد أن صار سليمان ملكاً وفى (١ مل ١١ : ١ـ٤) فإن زوجاتة السبعمئة وأميراته والثلاثمائة سرية نجدها مذكورة هناك بعد زيارة ملكة سبأ وفى هذه الفقرات نجد أنه عندما شاخ سليمان فإن زوجاته حولن قلبه عن الله بدلاً من أن يكون أميناً بتمامه لله كما كان أبوه داود .

فى وقت ما فى الزمن ، نُقلت عاصمة سبأ غالباً عبر البحر الأحمر إلى أكسوم فى ما نسميها اليوم إثيوبيا ، مع منليك إبن ملكة سبأ ، حين أصبح أول ملك يحكم كتاب « الكبرا ناجاست » والذى ترجمته (كتاب امجاد ملوك اثيوبيا يحتوى ضمنيا القصه الحقيقيه للنسل السليمانى لملوك اثيوبيا « انه يحتوى على السلطه العليا لتحول الاثيوببيين من عباده الشمس والقمر والنجوم الى عباده اله اسرائيل ٣»

ولإضفاء المزيد من الاثارة على هذة القصة الرائعة فإن كتاب ويكليف عن جغرافية أراضى الكتاب المقدس يناقش فكرة ان المجوس الذين

جاءوا ليسجدوا للمسيح فى بيت لحم هم غالباً من الجزيرة العربيه (فى المكان السابق لبعض اراضى ومقاطعات سبأ) . فالذهب واللبان والمر التى احضروها كهدايا كانت مرتبطة وذات علاقة بنوع المصادر الموجودة فى أرض المملكة فى (أشعياء ٦٠ : ٦) هناك نص يعتقد الكثيرون انه ينطبق على ميلاد المسيح يقول «تغطيك كثرة الجمال بُكران مديان وعينه كلها تأتى من شبا تحمل ذهباً ولباناً وتبشر بتسابيح الرب » ولابد أنهم قد قاموا بنفس الرحلة التى قامت بها الملكة .

بعد ٩٠٠ سنة فإن أحد خلفاء ملكة سبأ ، كان ينتظر رجوع الخصى الحبشى لملكة كنداكه الذى إقتفى آثار الملكة فى الذهاب لأورشليم للتعبد . وقد كتب متى هنرى فى شرحه للكتاب المقدس « « لدينا هنا قصة إيمان خصى حبشى بالمسيح ، والذى نستنتج منه ان معرفة المسيح فى إثيوبيا قد تم بواسطته ، وان النبوات قد تحققت بأن أثيوبيا ستفتح ذراعيها قريباً وتمدهما للرب (وهى من أولى الأمم التى فعلت ذلك) ويظن البعض ان ما جاء فى مزمور (٦٨ : ٣١) انه كانت هناك بقايا لمعرفة الرب فى هذه البلاد كالإله الحقيقى ، منذ زمن ملكة سبأ وغالبا ما كان هذا الخصى واحداً من خدامها ، وقد نقل لنسله ما تعلمه فى أورشليم « لقد رُويت قصة ملكة سبأ مراراً وتكراراً . وحتى يومنا هذا فهى لازالت تحتل عناوين الصحف الرئيسية. لقد نشرت داليا ألبيرج فى نشرة علمية على الشبكة العنكبوتية « الأوبزرفر « فى ١١ فبراير ٢٠١٢ ، مقاله بعنوان « الأثريون يعثرون على كنزَ فى بحثهم عن كنوز ملكة سبأ » وهاكم فقرتان مما إحتوته تلك المقالة :

منذ أكثر من ٣٠٠٠ سنة مضت ، فإن ملكة سبأ التى حكمت ما نعرفه اليوم كأثيوبيا واليمن وصلت الى أورشليم بكميات ضخمة من الذهب كهدية للملك سليمان واليوم تم إكتشاف منجماً قديماً للذهب ، مع أطلال معبد قديم وموقع معركة حربية فى حدودها القديمة .

إن فكرة ان أطلال إمبراطورية سبأ سوف تعيد الحياة مرة أخرى إلى القرى حول ميكادو تعتبر أمراً شاعرياً لكن مناسباً .

إن جعل الماضى ير تبط بالحاضر هو ما يستوجب على الأثريين أن يفعلوه.

إن الذهب الكامن فى سبأ كان ضخماً جداً. لقد قيل أن الـ ١٢٠ وزنة ذهب التى أهدتها الملكة لسليمان كانت نحو ٩٠٠٠ رطلاً من الذهب كما فى (امل ١٠ : ١٠) بحسب ترجمة الحياة الجديدة للإنجيل وتقدر قيمة هذا الذهب يزيد على ١٥٠ مليون دولاراً أمريكياً بقيمة ذلك الذهب اليوم .

فى ٢١ يونيو ٢٠١٢ نشرت البى بى سى على الشبكة مقالاً لهيلين بريجز عنوانه « دلائل من الشفرة الجينية على قصة ملكة سبأ » وقد نقل التقرير بعضاً من أهم الإكتشافات تتضمن أن البحث الجينى يفترض أن الإثيوبيين قد إختلطوا بالمصريين والاسرائليين والسوريين منذ نحو ٣٠٠٠ سنة مضت وهو ما يتفق تماماً مع قصة ملكة سبأ .»

كما أنه يوجد تحول آخر أكثر غرابة من ذلك فى قصة الملكة يتعلق بقصة بزيارة منليك إبنها إلى أورشليم لمقابلة أباه ، الملك سليمان ويفترض انه عند عودته إلى قد أحضر معه تابوت العهد الذى يقال انه باقٍ حتى اليوم فى مكانه فى أكسوم فى أثيوبيا فى كنيسة سانت

مارى التى لصهيون إن بعض الأساطير حول ملكة سبأ قد لا يمكن أبداً تأكيدها أو نفيها لكن ما هو واضح هو الشهادة المميزة عن حياتها لأن الرب يكرم الذين يكرمونه. خلال سنوات سليمان الذهبية قيل لنا ان ملوك الأرض كلهم كانوا يسعون لزيارة أورشليم لسماع الحكمة التى جعلها الله فى قلبه لكن ليس لدينا إلا قصة واحدة عن زيارة أحد الملوك فإن زيارة ورحلة ملكة سبأ هى التى إختارها الله ليخلدها إلى الأبد فى كتاب الحق آية عجيبة أن تشاهد أمانة الله فى أن يعلن خطته لخلاص نسل شعب سبأ بعد قرون من موت الملكة فحتى اليوم يُرجع اليهود والمسيحيين الذين يعيشون فى أراضٍ سبق أن حكمتها تلك الملكة إيمانهم إلى فضل الزيارة التى قامت بها تلك المرأة التى كانت تبحث عن الحكمة. واليوم ، كما كانت دوماً عبر آلاف السنين ، فإن ملكة سبأ تحيا فى خيال جميع الأمم فى جميع أنحاء العالم .

ألم تجد الانجيل فى نفسك كما قال الكتاب المقدس نفسه أنك ستجده
؟ لقد وعد المسيح بأن يعطيك راحة ــ ألم تتمتع بأعذب السلام
فى شخصه ؟ لقد قال أنك ستتمتع بالسلام والفرح والراحة والحياة
بالايمان به ــ ألم تحصل على هذه؟ أليست طرقه طرق مسره
ودروبه دروب سلام ؟ انك تستطيع بالتأكيد أن تقول مع ملكة سبأ
« هوذا النصف لم أُخبر به » لقد وجدت المسيح أكثر عذوبة من
كل ما قاله خدامه عنه . نظرت إلى صورته التى رسموها . لكنها
كانت مجرد لطخات بالمقارنه بحقيقته ، لأن الملك يفوق فى جماله
كل جمال يمكن تصوره . بالتأكيد ان ما رأيناه يفوق بكثير ما سمعناه
فلنمجد إذا ونسبح الله من أجل مخلصنا الثمين جداً والمُشبع جداً .

ـ شارلز سبرجون

ملاحظات

الفصل ٣٤

(١) مز ٧٢ : ١ـ٤ ، ٨ ، ١١ـ ، ١٥

التذليل

(١) كلارك ، آدم تفسير أدم كلارك للإنجيل من الإسطوانة رقم (٥) مكتبة الأساتذة المسيحيون ص ٤٩٤ ـ ٤٩٥ ، ألباى ، أدور : برنامج إيدجز ١٩٩٦

(٢) بدج ، إى . ايه . داليس ، الكسبرا ناجاست : ملكة سبأ وابنها منيالك (لكسينجتون ، كى واى : الكتب المنسية ٢٠٠٧) ، ٣١ ؟

(٣) نفس المرجع السابق .

(٤) بفايفر ، تشارلز اف . الجغرافية التاريخية لأرض الكتاب المقدس لويكليف (شيكاغو : دار مودى للنشر ١٩٦٧) ، ٢٧٧

(٥) هنرى ، متى . تفسير متى هنرى للكتاب المقدس كله . من إسطوانة نسخة رقم (٥) مكتبة الأساتذة المسيحيون فصل ٨ : ٢٦ ـ٤٠ ألبانى ، أور : برنامج إيدجز ١٩٩٦ .

(٦) أكسوم . الموسوعة البريطانية على النت مؤسسة الموسوعة البريطانية ٢٠١٥ . ويب . ٢٠ يناير ٢٠١٥

htth://www.britannica.com/EBchecked/